四玫瑰

宮敏捷

著

自序

長期以來，我對自己的文學創作有著極高的要求，這源自於我既想做一個優秀的小說家，也想做一個優秀的文體家，或者說，我是帶著那麼一點點野心在寫作的。我希望每一個購買我書籍的讀者，都能獲得超越以往經驗的閱讀感受；不白浪費時間，且過了很久之後，依然有拿起書籍再讀一遍的衝動，所以從文本結構到表達方式，我都力求做到不重複自己。

具體到《四玫瑰》這部小說集所收錄的七篇作品，〈太木路〉一篇表達的是我的時間觀和空間觀。我常常疑惑流逝的時間都去哪兒了，又該如何來證明前一秒鐘的我們是真實存在的。會不會有這樣的可能：時間能帶著曾經存在的我們，在時間自身及空間內自由流動，那我們就有可能在同一個空間內看到不同時段的自己了。這不是美國導演克里斯多夫・諾蘭（Christopher Nolan）的《星際穿越》，也不是法國導演盧貝松（Luc Besson）的《星際特工：千星之城》，而是現實生活的一部分。〈四玫瑰〉寫的是逃離主題。不管出於什麼原因，我們都有從禁錮著自己的現實環境逃離出去的衝動，很多人都只是想想而已，但我筆下的人物卻有了一個繞不開的理由。〈關於我的生活斷章〉寫的是一個男人隱祕的內心，事關婚姻和家庭，還有可能是不可示人的罪惡。〈暗合〉這個篇章裡，我想探討的是，一個家庭破碎後又重新復合，還是原來那個家庭嗎？〈讓身體說話〉表達的是一個老男人對客死異鄉的恐懼。而〈荒草〉裡，我想在一種特定的環境裡，呈現人的身體和生命，都如荒草一般的狀態。至於本部小說集裡篇幅最長的〈游過來，游過去〉，我想還原的是父權壓力下，一個心理日漸扭曲的靈魂是如何在苦苦掙扎。

從敘事表達上來看，這些作品有的是意識流，有的是多視角，有的是存在主義，有的是極簡主義，有的還如精神分析案例一般地複雜與瑣碎。我特意將這幾個篇章組合在一起，用以向我無限崇拜的既是小說家又是文體家的文學大師威廉・福克納（William Faulkner）、歐內斯特・海明威（Ernest Miller Hemingway）、詹姆斯・喬伊絲（James Joyce）、加西亞・馬奎斯（Gabriel José de la Concordia García Márquez）、伊恩・麥克尤恩（Ian Russell McEwan）等致敬，且希望細心的讀者朋友們，一眼便能看出端倪來。

最後，我要感謝秀威，感謝責任編輯孟人玉和廖啟佑老師，是秀威接納了這本書，並通過孟人玉和廖啟佑老師的辛勤打造，《四玫瑰》才得以華麗轉身，在中國大陸之外與大家見面。並讓它擁有新的生命超越作家自身而存在，且帶著新的使命，被更多的朋友所遇見！

宮敏捷

二〇二二年十二月九日　深圳

目次

太木路

「教授，」見吃喝得差不多了，我隔著熱氣氤氳的鴛鴦鍋，把手機遞過去，「我給你看一張照片。」

教授剛去東京大學做兩個月的訪問學者回到家，就被我拉到太木路的一家餐館裡。接過手機，教授用右手的食指在螢幕上劃拉著，匆匆瞟一眼，又遞回我。問：

「抓到了嗎？就是這兩人？」

「什麼抓到了？」

「偷你東西的人。」

「不是，不是這麼回事。」我搖了搖頭。

最近一段日子，家裡總莫名其妙丟東西，早前我給教授說過這事。都是些小東西，刮鬍刀、潤滑劑、打火機、安全套、香煙、化妝品等，當然，也丟過書籍和衣服。什麼東西，回到家裡，該放什麼地方，我心裡是有數的；轉眼，卻怎麼也找不著，客廳、廚房、洗手間，哪怕再狹小的空間，都翻檢一遍，還是尋不著；索性不用管它，睡一覺醒來，再看，它們又都在原來的位置上。

教授不信，說我這段時間，昏昏耗耗，丟了魂一樣，一定是患健忘症了。為說服他，我告訴教授：「一包煙，抽剩幾支，我還數不過來嗎？一轉眼，就所剩無幾了；還有酒，喝剩的半瓶，一覺醒來，就成了空瓶子。」教授哈哈大笑，反問我：「你一邊喝酒，一邊抽煙，醉得一塌糊塗，怎麼又記得住自己抽了多少支？你連自己喝醉了都不知道，好幾次不都是我送你回去；第二天問你，你還以為你自己打的回去的呢。」這倒也是，我說：「不過，教授，有一晚上，也是跟你喝酒之後；我先說，我沒喝醉。遠遠看著我們家窗戶是亮著的，隨即又滅了；我緊走慢趕，快要到家門前時，看到一個黑影在窗前一閃而過，我還追了好幾里地呢，沒追上；回來一看，門鎖好好的，家裡也沒丟什麼東西，你說奇怪不奇怪？」

「這也是喝酒後出現的幻覺，你不能把自己的胃當酒瓶，什麼酒都毫無節制往裡面倒；再這麼喝下去，你會連命都喝沒了。我看你還是得適可而止。」

「你不也沒少喝，你會出現這樣的幻覺？」

「有時候會。」

「你家裡也會這樣丟東西？」

「戴著帽子找帽子的事，誰沒經歷過呢？不用緊張。」

我本計畫搬家的，聽教授這麼說，也就不怎麼放在心上，可隨後發生的事情，卻讓我吃驚不小：我發現，我掛床頭的一條連衣裙，連同一些其他女性用品，不翼而飛了。此刻，教授再次提到失盜的事情，就趁機告訴了他。教授不關心連衣裙是怎麼失盜的，是否跟之前的一樣，一轉眼，又回來了。他關心的是，我家裡怎麼會有一條連衣裙。

「是我女朋友的，還不止一條呢，我經常給她買衣服的。」

「你什麼時候有女朋友了，我怎麼不知道？」

「你不知道的事情還多呢，你先看照片吧。」

聽我這麼說，教授重新拿過我的手機，點開照片，認真端詳著；偶爾抬抬銀邊眼鏡，臉上的神情疑惑中又帶幾分失落。時不時，還用餘光瞟我一眼。

照片沒什麼特別的，不過是一對年輕男女坐在餐桌前，很認真地點菜而已。菜單放在桌上，在兩人之間，男人的手指點中菜單的某一處，等待拿鉛筆的女人去畫一個勾，或者做一個別的記號。照片就定格在這一瞬間。如果用心一點，還能看出，坐實木靠背椅上的男人，身板十分瘦小；這種瘦，不只體現在身高和肌肉上，還有他細小的骨骼和狹長的臉頰。更讓人印象深刻的，是他的眼神，茫然又不失深邃，像一潭渾濁的水，你只要跟他對視一秒鐘，就能看見他眼裡浮動的沙礫。男人穿格子襯衫，長袖的，格子白一塊、紅一塊、黑一塊；交錯分布，看似無序，認真辨別，又不盡然。他身邊的女人，身高跟他差不多；留齊耳的短髮，相襯之間，那張粉白的臉，分外地圓。她的五官還算精緻，說不上漂亮，是那種越看越耐看的女人。有的女人，你不會在乎她是否漂亮，她只要給你一個眼神，你就會有潮水洶湧而來的感覺。怎麼說呢？這樣的女人，從身段到每一個舉手投足，都能化身為水，將你淹沒；你明知會溺死，也永遠不會離開她半步。照片上的女人，就是這樣一個人。她身上穿的那款長裙，跟我掛在床頭且已經失盜那條一模一樣；它有著柔軟的質地和不凡的氣質，光是看著它，每一次我的小腹都會抽動一下。裙子紅底碎花，花是黑色的，似落霞的天空，飛舞著黑色的蝴蝶；蝴蝶的翅膀，都亮著金色，相互呼應；盯著看的時間久了，給人一種暈眩的感覺。這或許就是教授，為什麼會感到疑惑的原因。

時間已經不早，天色空茫微雨。我們從午後落座至今，喝下去一斤小糊塗仙；每人又要一瓶金威啤酒，茶一樣喝著。兩種酒在胃裡再次發酵，提升著酒精的勁頭，也讓教授的舌頭打了個結；囁嚅著，想說點什麼，終沒說出，又瞟我一眼，繼續盯著照片。

我想問他，看出點什麼沒有，但我知道，教授需要時間，慢慢捋一捋自己的思緒。於是，我轉過頭，隔著落地玻璃窗看著外面的太木路。太木路總長不過五公里，東邊連接的是榴桐公園，西邊是蝶泰特文化中心，我為之工作的雜誌社就在這裡。太木路是我工作和生活的中心，兩側長滿高大的大葉榕，枝繁葉茂，遮擋了日月之光，也遮擋著雨水；偶有一兩滴從枝丫間滑落，也是幾經匯聚，不斷壯大，才能穿過密密匝匝的葉片；

在昏暗的路燈裡短暫飄浮後，又在潮濕的路面上，碎裂成原來的樣子。

「這是誰啊？」正出神著，教授說話了，似乎沒看出任何端倪。問我：「我認識？」

「認識！」我舉著杯，跟意欲痛飲一杯的教授碰一下。據我們聊天的風格，教授知道，我是在跟他賣關子，而這裡面是大有周章的。他知道，我是在醞釀情緒，喝那麼多酒，都是為這一刻準備的；更何況，餐館裡的大部分客人已散去，我們又坐在一個相對偏僻的角落，此刻，已經十分安靜。他揮手叫來服務員，說想再添加點火鍋配菜。被我攔住了，我說：

「菜不要了，每人再來兩瓶啤酒吧。」

「好。」教授等服務員開單走開，又怔怔看著我；意思是喝酒也行，你繼續吧。

「你就沒看出點什麼來？」我問。

「看出來了，」教授又拿起我的手機，很認真地看一眼照片，「就是在我們吃飯這家餐館拍的，對吧？吊燈、餐桌、收銀臺……全都一模一樣。」

「還有呢？」

「就這些，還有什麼？還有的我正等著你告訴我呢。」

「也難怪，都過去二十年了，你自然是看不出來的。」我說。

「什麼叫都過去二十年了？」

「就是說，事情從很早很早以前就已經發生了，早得比我的記憶還要長久；不過，我還是從一場車禍講起吧，這是三個月以前發生的事情，就在太木路上，事情就發生在這對情侶身上。」

「我怎麼不知道？報紙上，網路上，也沒見人說。」

「這就是問題所在，教授。」

我自顧自地喝一口啤酒，略作沉思，想盡可能周詳地將那晚的情形，還原給教授，卻又被教授攔住了。

「等一下，」教授說，「你至少得先告訴我他們是誰吧？你說我認識，可我一點印象都沒。」

「等一下你不就知道了。」

「可別，」教授說，「我都急死了。」

我只好暫緩講述，反問教授，是否還記得，幾年前，他給我講過的一個故事。這個故事十分重要，教授因此而改變了自己的空間物理學研究方向；眼睛不再盯著茫茫太空，在宇宙的浩渺中探求各種規律，而專注於空間與時間的相互作用。幾年下來，已出了幾本專著，成為國內在此研究領域的第一人；放眼世界，他的研究成果也是可以比肩美國和歐洲同行的。

故事發生在教授報名參加海南五日遊的過程中，行程到達天涯海角那一天；看著波濤洶湧一望無垠的大海，看著這個被許多人稱之為天盡頭的自己打小就嚮往的地方，教授一點也興奮不起來。既有得償所願後的茫然無措，也有行將至此後不知何往的哀傷，眼裡漸漸就有了淚意。為避免尷尬，也為舒緩自己的情緒，教授悄然去到洗手間洗了把臉，趁機又小解一回。等他再次回到沙灘上，原來跟他一直走得很近的一個來自安徽蕪湖的團友就不再理他了。她說，她剛才想坐在沙灘上的一棵歪脖子椰樹上，背對大海照一張相；手機遞給教授，教授卻不願意，讓教授用自己的手機拍，教授乾脆徑直走開，不理她。「天地良心，」教授解釋說，自己剛才去洗手間，「你一定是認錯人了。」「是，我認錯人了，我真是看錯人了。」她說完，給教授一個白眼，氣咻咻地走了。任教授跟在身後怎麼解釋，這個被教授暗自認為是他們這個團裡最漂亮的女人，都不再搭理他。內心本就不適的教授，完全敗了興致，無心再看任何風景；把手機交給其他團友，隨便給自己拍幾張紀念照，找個有樹蔭能看海的地方坐下，索然無味地等著旅行團早一點結束當日的行程，回到酒店休息；那時候，安徽女人的火氣早該消下去，再好好跟她解釋。

百無聊賴中，教授把剛才所拍的照片翻出來看了看，赫然在其中一張上，發現一個讓自己大吃一驚的身影。確切點說，是一個跟教授一模一樣的人，身板、面貌，不差分毫，就穿著不同。教授穿的是一套淺灰色運動衫，那人穿的是藍色的T恤加黑色的短褲。站在離教授一丈開外的地方，斜靠著沙灘上的一棵椰樹，目不轉睛地看著教授。那神情，有欣賞、似讚許，還有淡淡的悲傷；一如教授在洗手間的鏡子上看到的那個帶著淚意的自己。他的眼神裡有著千言萬語，隔著手機螢幕，教授完全都能感受到。一瞬間，教授的心口如一顆子彈穿過胸膛般地疼痛。不由「啊」的一聲，手機也掉在地上。他撿起手機的同時，下意識站起身，往剛才拍照的地點跑去。他想找到那個人，他知道，剛才一定有什麼自己還無法理解的事情發生了。作為一個對一切未知都孜孜以求的高校教授，內心與那人眼神所出傳遞的訊息產生共振後，帶著使命般的毅力，在沙灘上四處奔跑，可那人卻又消失得無影無蹤。教授的心不再在那個安徽女人身上，甚至都無心再參加後續的行程；剩下的時間，及到今日，都用來探尋和求證這件事所引發的關於時間與空間的各種思考。在全世界範圍內收集相關案例，包括類似的文學及影視藝術作品，但大部分資料都指向了兩個字：雙生。每一個人都不是獨立存在的，在你存在的同時，這個世界的另一個地方，一定還有另一個你。如果幸運，你這一生，就有可能與他相見；或者，在某種機緣下，你看不見，卻也能感知到他的存在及流露出來的思想感情；有的時候，另一個你的情緒，還會感染到你，為什麼我們有時候會莫名地憂傷，甚至還能隱隱聽到一些哀傷的旋律在耳畔迴響，就是這個道理。但教授覺得這個觀點過於主觀，缺乏科學依據，是為藝術而藝術，永遠也不是一種現實存在。他堅信，自己見識到的，完全是另一回事，而他也將用畢生的精力來證明自己。空間是無際的、多重的，也是可以相互融合的；時間，無始無終，隨意流動，而被時間記錄下的，也會跟著流動，在不同的空間裡自由穿行。從這個角度來說，哪怕是一切向死而生的，其實都還在另一個空間裡活著。教授是在用自己的研究證明，他所看到的，是被時間帶走後又穿行回來的自己，在同一個空間裡同時出現。到如今，教授已進一步延伸了自己的研究成果，他最新發表在《自然科學》上的研究成果還說：「就因為人類的無知，才會有了妖魔鬼怪神的誤解，其實我們所看到的，都是被時間之流所帶來的不同空間、不同歷史時期、不同文化背景裡的現實存在，甚至有可能還是完全無法理解的不同物種。」

我讓他回憶他曾經給我講述過的故事，是要告訴他，他所遭遇過的，而今我也正在遭遇，但教授不以為然。

「你這完全不是一回事。」教授說。

「怎麼就不是了？」

「照片明擺著的嘛，」教授沒有邀我，自己喝了一杯啤酒。「對了，你這照片拍多久了？」

「三四個月。我跟幾個文友在這兒吃飯，一抬頭，看到他們坐在我左前方隔著兩張桌子的地方；我裝做刷屏看新聞，偷偷拍下來。我當時就想到了你給我講過的事情，我也想知道到底是怎麼回事。我當晚還偷偷跟蹤他們了，後來我又見過他們好幾次。就算沒有最後這場車禍進一步佐證，我也知道，這一切，並不是某種巧得不能再巧的機緣；而你的那些研究理論，也不是沒有現實依據的一套玄而又玄的東西。」

「你說照片上這個男人就是你？」

「對的。」

「那我問你，這個女人是誰？」

「他，這個男人的女朋友，也可以說是我的女朋友。」

「也跟你一樣，兩個女的也一模一樣。」

「是的，她身上穿著的這條裙子還是我買的。」

「對了，你說你家裡的裙子丟了？」

「是的，還丟了一些別的東西，內衣、化妝品等亂七八糟的東西。好幾天了，我以為過幾天，它就會回來的，又跟往常一樣，出現在我的床頭，但到現在，我都還沒看見。」

「那你家裡真的經常丟東西？」

「我給你說了，你還說是幻覺，根本不信。」

「你報警了嗎？」

「報了，警察來家裡拍了照，還把我叫到所裡做了筆錄。他們說，社區和街道上，都有監控，如果真有人進到家裡偷了我的東西，就一定會被監控拍下來的；除非監控壞了，又或者，那個人會飛。」

「那你還是小心一點，丟東西不怕，人得確保安全。」

「怕什麼呢？教授，死了一個，還有一個，你的研究涉及到這方面沒？」

「別瞎說……。我問你，按你所說，他就是你，你就是他；見這麼多次面，他們認出你來了嗎？」

「沒有，我要不說，光看著我，他們是不會知道這一點的。」

「為什麼？就因為你的模樣發生變化了嗎？」

「教授，照片上這個人，他其實是二十年前的我，我二十年前就是這個樣子；我那時候沒拍過照片，不然馬上給你看，你就明白了；當然，臉型的變化也是很大的原因。」

我一邊說著，輕輕撫摸了一下自己的左臉。我左臉的顴骨整個被削平了，臉頰平平的，從眉梢以下，一直到下巴頦，都是一個相對垂直的平面。要不是吃飯，除了睡覺的時候，我都是帶著口罩生活。在別人眼裡，我跟怪物一樣。偶爾見一下朋友，也都是教授這一類關係好到如血脈兄弟一樣的。我們專挑餐館生僻的角落座，也是因了這個。

「你也知道，」教授說，「越是權威的專家，就越得對事實予以事無巨細的求證……」

「我跟你一樣，所以才想到要告訴你那場發生在三個月前的車禍。」

「好吧。」教授說著，想給我添一杯啤酒，卻發現剛才叫來的兩瓶啤酒已經空了。他說：「沒有了，不過我也差不多到位了。」

「再來兩瓶吧？」我說。

「還喝？」

「心裡癢癢的，感覺還差一點，再來兩瓶吧？」

「你繼續，」教授說，「我來叫服務員。」

「是這麼回事，教授，」我說，「那一晚，正好是我女朋友去世二十週年，我一個人在街上走著走著，心裡堵得難受，想一個人找一個地方喝幾杯。這個念頭一起，不由自主來到了太木餐館。這裡就像是我的根據地，我來這個城市第一次下館子，是在這個餐館；我們第一次文友聚會，一起見面吃飯，也是在這個餐館。」

「對，太木路，太木餐館。」教授說。

「我一個人點了一盤鐵板馬鈴薯，一盤水煮牛肉，還點了一盤空心菜，邊吃邊喝，心裡無限地傷感。我想了很多，甚至有時候都會有輕生的念頭；每次去海邊玩，站在懸崖上，我都會有縱身一躍，在大風大浪裡瞬間消失的衝動；情緒更壞時，在街上走著走著，我就直想往別人的車軲轆下鑽……」

「我感覺到了，」教授說，「看你最近的詩歌，全是死亡的氣息。你喜歡用百合做意象，但每一株百合都開著黑色的花朵，散發著黑色的氣息，將你引向萬劫不復的境地。」

「你說得對。教授，我今年四十五了，就算我是個高壽的人，能活九十歲，人生已經過去一半了；可回首一看，四十五年的煙塵裡，手心裡什麼都把握不住，空空蕩蕩的，我的心裡也是空空蕩蕩的。我不知道自己為什麼要活著，什麼榮譽啊，成就啊，對我這個孤苦無依的人來說是沒有意義的——我記得我告訴過你的，我的父親很早就死了，他是個挖煤工，在我們內地的那種小煤窯裡；還是個酒鬼，曾因跟人打賭一次喝下去四斤白酒。我們都以為他必死無疑，後事都安排好了；他在棺材邊的一塊門板上躺了七天，又活了回來。喝酒不怕，一喝酒就發酒瘋，跟村裡人吵架、打人，誰惹他就打誰，沒人惹，就打我的母親。我曾經好想殺了他，要不是他把自己喝成了肝癌死翹翹了的話，我真有可能會這麼做的。他的死對他自己，對我們家都是一種解脫。他自己一點都不知道，還告訴我，讓我借點錢，帶他去醫院看看。他的意思是，只要聽醫生的話，好好吃點藥，他又可以活過來，又可以喝酒，又可以打人了。我沒理他，我恨他，但眼睜睜看著他死，心裡還是有些受不了。我的母親晚他幾年死，得的是些莫名其妙的病，醫生說，她的內臟全都壞掉了。我也沒告訴她到底怎麼回事，她自己感受到了，知道自己時日無多，就讓我天天陪在身邊，也是眼巴巴地看著她，身體從又白又胖，變成了幾根又黑又瘦的枯骨，最後就死了。還有一個姐姐，她生完孩子從醫院回家當晚，請鄉村醫生打消炎藥，不知道醫生用了什麼鬼，一針就給打死了。教授，我是一個被亡靈環繞著的人，身上怎能沒有死亡的氣息呢？——這些東西，根本抵擋不住，孤獨對我生命的無情侵蝕。」

「還有一些東西，我沒告訴過你，我跟任何人都不說。你知道嗎？多少次，你送我回家，哪怕喝醉了，我心裡都綁緊著一根弦，那就是一定不能讓你進到屋裡。教授，我誰也沒往家裡帶過，哪怕是警察，我也是先收拾一番，才放他們進去的。不管關係有多麼好，一旦踏足，不但會知曉了我的祕密，還會破壞了我苦心營造的某種平衡。」

「你家裡還隱藏著祕密？」教授說。

「誰沒點小祕密呢，不是什麼見不得人的，教授，是關於我一個人的孤獨的祕密。」

我告訴教授，除了跟要好的朋友偶爾坐坐，平時下班了，我都是一個人待在家裡，我有我的方式去消遣從指間流走的每一寸光陰。他在我的詩歌裡看出來了，我喜歡百合花，百合花會以不同的形象出現在我的文字裡。它代表著不同的意象，而這些意象，又在我的家裡，組成了一個獨立於世的王國。每週，我都會在電視櫃上的花瓶裡插一束剛採摘來的百合。我喜歡這種花純淨優雅的香味，換水時添加點啤酒，就能延長花期。在家裡，我時常喝著酒，聞著花香，陷入冥思，其實腦袋裡空空如也，一句詩也想不起來。坐在靠背椅上抖動小腿肚子的肌肉、研究掌上的紋線，也能讓我輕鬆消磨掉一個晚上。雖然發表過一些詩歌，但我並不覺得自己是一個詩人；我覺得自己的身體，比詩歌本身還要虛無縹緲，哪怕窗縫裡的一絲風，也能把我吹得無影無蹤。只有在鏡子裡端詳自己的身體時，我的思想才會深刻一些。我不喜歡我的圓臉，不喜歡我的板寸頭，還有我濃黑的眉毛下深邃的眼睛。怎麼說好呢？我一點也不喜歡我自己；一個連自己都不喜歡的人，是根本無法喜歡上這個世界的。

我還告訴教授，我不是一個人生活，我們家裡，還有一個人，一個女人，時時刻刻陪著我，我給她取的名字，就叫百合。百合是一個矽膠娃娃，我在網上買的，她已經陪伴我兩年多了。失去照片上這個女人後，百合就成了我唯一的女人。

我們家裡丟失那條裙子，我珍藏了多年，現在它是屬於百合的，小偷連百合的一些蕾絲內衣、睡裙也偷走了。每一天早上起來洗完臉，我就把百合的衣服攤在床上，讓她自己挑一套喜歡的，再給她穿上，抱她下床後，跟她開一個小小的玩笑；問她喜歡看電視，還是玩電腦，如果她選擇看電視，我偏偏把她放到電腦前的靠椅上，打開音樂給她聽。反之，就把她放到沙發上，開了電視，把遙控器塞在她的手裡。然後開門出去，假裝上班去了，卻並不真走，而是站在門外，過個五六分鐘，聽聽她會有什麼動靜，再冷不防地打開門，笑著滿足她的要求。

百合很安靜，會一整天待在家裡等我下班，我一進門就會給她一個擁抱，端詳著她的臉，盯視她的眼睛，看她有什麼地方不對勁，一整天過得是否開心，直到確認她沒什麼不快，才放心坐下來，肩並肩地一起看電視。我會問她最近都流行什麼電視劇，然後陪著她看一兩集。我們偶爾還喝點紅酒，每人一杯，舒經活血，有助睡眠。她喝不完的，我幫她喝，然後一起去洗澡，用沐浴露仔細洗淨她身體的每一個部位，用毛巾揩乾了，再給她擦爽身粉，保持她皮膚的活力和彈性。早上穿什麼衣服由她做主，晚上穿什麼睡衣完全聽我的；穿街過巷時，在櫥窗裡看到喜歡的女性內衣，我就給她買一套。用清水洗淨後，給她換上，看看效果怎麼樣。

百合細腰肥臀，個頭比我矮二十公分，體重也輕三十來斤；齊耳的短髮襯著白淨精緻的瓜子臉，朱唇微啟，淺笑盈盈，飽滿又性感。她是別人製造的，我無法確定她長什麼樣，但我可以儘量將她打扮得跟我的女朋友一模一樣。我還知道，女孩子都愛美，我也會想盡辦法，將她打扮得漂亮一些。走在街上，我會給從身邊經過的靚麗女孩偷偷拍照，回家後把照片輸入電腦，放大，一張一張地研究，看百合適合穿哪些女孩的衣服，才會氣質出眾，妖媚動人。確定下來，我就開始上網逛服裝店，竭盡所能地給她買到。

我也為她的妝容，花上不少的心思。也是在網上，為她挑選假髮，給她買眉筆和各種顏色的唇膏，成了我生活中的最大一筆開支。給她化各種妝扮，又成了我最大的樂趣，占去了我晚上的絕大部分時間。至於那條裙子，我只有跟她做愛時，才會讓她穿上。以為這樣一來，她的身體就會具有了一定的人氣，而我進入她身體的時候，才能感受到溫暖和短暫的滿足。

當然，許多方面，我還是有所保留的，不想向教授講述得那麼詳細。不過我希望他能理解，這一切，事關肉欲和本能的發洩，卻排遣不盡我內心長期鬱結的苦悶。尤其是在女朋友二十週年忌日，這樣特殊的日子裡。當我酒後走出太木餐館，一個人形單影隻地走在太木路上時，內心的絕望與無助，教授可想而知。所以，聽到這裡的時候，教授把他的手從火鍋上伸過來，輕輕地握一下我的手，以示安慰。問我：

「酒喝完了，時間也不早了，我們買單邊走邊聊吧？」

我同意了，趁機看看窗外，雨已經停了。

「那走吧，」教授說，「我都買過單了。」出得門來，教授又問：

「車禍也是這一晚發生的？」

「是的。」我說，「一切都是情景再現。」

二十年前的這一天，在我們所住的城中村出租屋裡，女朋友剛剛答應了我的求婚

——我沒有送她訂婚戒指，沒有錢，且她也不會計較這個；此前，她告訴我，在街上看到過一條紅底碎花蝴蝶翻飛的連衣裙，很是喜歡。我就偷偷買來送給她，還藉此向她求婚，她滿心歡喜地答應了。連衣裙穿在她的身上，豔而不諂，俗而不媚，本就柔軟的身段變得更加的飄逸而又靈動。我抱住她，捨不得撒手。那一晚，我第一次跟一個女人做愛，激動得不行，還哭了。我說：「這回我們就變成一個人了，你是我唯一的親人了。」她說：「是的，一輩子，死也不會分開。」我們說了許多沒完沒了的傻話，說到動情處，又做了一次。然後精疲力竭地爬起來，去太木路的太木餐館吃飯。那晚，我們還點了啤酒，我喝三瓶，女朋友喝一瓶，兩個人都有些暈。回去時，兩個人攙扶在一起，還覺得像漂在水上。太木路就像一條大河，波浪滾滾；我們不是在走路，而是被濤浪推著走的。我用右手環在她的腰上，她笑著說：

「手再高一點。」

我的手就往上，移到她的背上繼續箍住她的身子。

「再高一點。」她又說。

我就把手繼續往上移動，伸到了她的腋下。她順勢抓住我的手指往前一扯，我的整個手心正好合在了她的乳房上。這一舉動，把我們兩人都逗笑起來。我說：

「同志，變壞了哦！」

她就惱了，用拳頭使勁捶我。我就躲，跌跌撞撞往前跑，她也是，跌跌撞撞在後面追。就這時候，車禍發生了。我只聽到一陣刺耳的剎車聲，剛回頭看到一片刺眼的燈光，人就整個飛了出去。身體騰空的瞬間，我能意識到自己出車禍了，但根本不知道自己傷到什麼地方。這一次，我算是看得清清楚楚了。

酒後走出太木餐館，也是凌晨時分，太木路沐浴在月光下，似一條銀光閃閃的河流；我順河而下，快要走到太木路與西莨路交匯處時，也是一抬頭，又看到他們二人，就在我前面兩三百米的地方。先是相互攙扶，隨即又打鬧嬉戲，一點也意識不到西莨路上，一輛泥頭車左轉彎後，狂奔而來。路段有一定的弧度，又被許多的大葉榕遮擋住視線；我知道車禍是一定要發生的，不管這樣做，會不會破壞某種平衡，我還是力圖這樣去做。我緊跑一程，朝他們大喊，他們聽不到，玩得太投入了。我只得立住身子，不停朝泥頭車招手。司機注意到了，立即採取制動措施，輪胎在白白的月光下，剎出了兩條長長的、黑黑的冒煙的痕跡，但我們誰都不知道，泥頭車後面還有一輛摩托車；摩托車一個躲閃，繞開了泥頭車，就那麼一瞬，與他們二人結結實實撞在一起。電光石火間，我還看到，女朋友推了他一把，而自己，正好頂在摩托車的前輪上，飛出去好遠。

可以說，是女朋友救了他一命，也可以說，是女朋友救了我一命，她不推上一把，這一天，也就是我的忌日了。也不知道是誰報的警，在警察拉起警戒線之前，我走過去，看到他四仰八叉地躺在路上，臉上血肉模糊，一隻手不停地顫動，還略微向上揚起，似乎是在招呼我，把他拉起來，他要去看看女友，傷得怎麼樣了。從他的角度，在泥頭車燈光的照射下，我只是一個巨大的陰影，一如他游移不定的魂魄。而女朋友，她躺在另一邊，身體蜷縮著，要不是嘴角有一抹血紅，我還以為她是醉酒後睡著了呢。那條紅底碎花的連衣裙，在空中如蝴蝶般迎風舞動，又在她跌落的瞬間，極有尊嚴地將她的身體包裹得嚴嚴實實。

「如果你要什麼確鑿的證據的話，教授，」我說，「第三天，我還跟到去醫院看望他們了。那個男人的病歷本上，寫著的就是我的名字，而那個女孩，她病歷本上，寫著的也是我女朋友的名字，對了，我的女朋友的名字叫梅子。」

「真的嗎？」教授說，「你這是第一份……」

見我意猶未盡，教授沒把話說完，只是扭頭意味深長地看著我。前面不遠處，就是我的住處，教授還怕我沒時間講完呢。我繼續告訴他，從醫院出來後，我徑直去了殯儀館，女朋友死了，我得去送她最後一程，送我最後的親人一程。她的父母和老家的一些親戚來了，但我沒有與他們相認。我不知道是不是她最後的遺願，反正躺在棺木裡的她，也是穿著那一條紅底碎花的連衣裙，如深入睡眠的夢境裡了一般。我圍著棺木走了一圈，於眾目睽睽下，在她的腰際處，放了一束百合。從殯儀館出來後，我又徑直去了城中村——他們的出租屋裡，在那裡住了一個晚上。房門鑰匙就在門前的一個花盆底下，二十年前我也是這麼藏的，而他們的房間裡，布置得也跟二十年前一模一樣。一旁盛開的紅掌，移栽成四盆，全都成活；一週之後，又長出了新的嫩芽，綠裡泛紅，還有一層淡淡的油光。昨晚吃剩的半盤秋葵，放在冰箱裡，冰鎮得恰到好處。我把晾曬在戶外的床單收回來，重新鋪墊好後，又去到村口的小店，買了幾瓶啤酒，一管芥末，就著半盤秋葵，解決了那一天的晚餐問題。

「教授，」我說，「我無法告訴你，我是否感到震驚、悲傷、惶恐或無助。我喝完啤酒就睡下了，有那麼一瞬間，我還衝動地想到，去到醫院，把正在重症監護室搶救的自己給殺了，早日結束這一切；不讓他一個人再遭受餘生裡，無法迴避的種種難以言說的苦。但是，試問人世間，又有誰能做得到呢？」

教授的腳步略作停頓，還意味深長地看著我。

「我不知道你的最新研究理論有沒有涉及到這一點，」我說，「時間不僅僅是在空間裡自由穿行，時間還能在時間裡自由穿行，更重要的是，教授，我們誰也去無法改變。」

教授緊緊抓住我的手，表現得十分激動。

「教授，二十年前，我們所遭遇的也是摩托車，不是泥頭車；可見，三個月前的這一場車禍，不管有多少個我同時出現，都無法阻攔的。」

「我的研究也正好到這個層次了，」教授說，「剛才你說的這些，還有一點，我沒弄清楚。那就是，那一晚，你在太木餐館吃飯，他們也在太木餐館吃飯，你沒有見到他們嗎？如果你想過，要計畫避免這一切發生的話，在餐館裡，你有想過要告訴他們你是誰，以及，即將發生的一切嗎？」

眼見著就來到門前，我調整一下思緒，意欲抓緊時間，回答教授的問題，卻看到路邊的草叢裡，走出兩個人來，一前一後，把教授和我堵在路上。定睛一看，還都是警察，不容分說，把我給銬上了。教授吃驚不已，他們要把他和我隔離開；而他一邊掙扎，一邊大聲說道：

「他是我朋友，你們要幹什麼？」

「先生，」一個警察對他說，「我們是在執行公務。」他還當著我們的面，給一個人打電話，說：

「先生，我們通過查監控，鎖定並抓住了嫌疑人，你這兩天趕快回國，到派出所配合處理下吧。」

我急了，但不管我說什麼，另一個銬著我的警察都置之不理。他只是向我出示證件，並告訴我，我犯了入室盜劫罪；而他們已經在此，候我多日了。

四玫瑰

汪姐每天上下班或出門買菜，都會經過我們酒吧，若非必要，她是不會進來看一眼的。近來兩三天，晚飯後散步消食，卻特意推門進來，往吧臺內紅木靠背椅上一坐，帶著沉思這裡瞅瞅，那裡看看，時不時眼含笑意瞟我一眼。手上事情再多，我都要放一放，進入吧臺跟她閒話幾句。不經意間，她都要這麼問上一句：

「老陳沒過來嗎？」

我們之間有雇傭關係，私交也非常好。她不常來酒吧，為的是給老陳想要的生活空間，也不想干擾酒吧的經營。但我們之間，什麼事情都是可以敞開來聊的，離婚這樣的大事，我都曾找她討過主意。再次來到酒吧，見她還是這樣的態度，便知她這是心裡有事，又不想當事說；又或者，正跟老陳鬧彆扭，相互賭氣呢。

「姐，」我說，「我們喝一杯吧。」

「我喝檸檬水就可以了。」她已自己倒一杯，喝了幾口。

「是從美國進來的原裝威士忌，老陳還親自跑廣州拖回來的，每一瓶都有獨一無二的編號，你肯定沒嘗過。」我堅持給她倒一盎司，放在她手裡。說：「老陳說這個酒，不加冰也清冽爽口，喝下去呢，醇厚綿長，還能讓人無端地陷入某種情緒。」

「這話也只有你這種喜歡讀書又懂酒的年輕人說得出來。」她說。

「真是他說的，」我說，「他最喜歡的就是這一款酒了。」

「先不管誰說的，」她說，「你們講得這麼神奇，我一定要嘗一嘗了。」

收銀臺旁的客服終端亮起兩盞綠燈，酒吧唯一的客服小路正好上廁所去了，我只得走過去，問清客人的服務需求，給一桌上一紮青島啤酒，另一桌上一盤下酒的椒鹽胡豆。回到吧臺內另一張靠背椅上坐下，汪姐已把杯裡的威士忌喝下去了。問她要不要再來一杯，她說：「你喝我就喝，陪你。誰怕誰啊。」我也倒一盎司，跟她碰一下，兩個人相視一笑，各自抿一大口。

「怎麼樣？這個酒。」我說。

「味道還可以，」她咧嘴笑，整個人鬆弛下來，「不過你說的那個什麼『情緒』我不知道什麼意思。就覺得身體軟，想睡覺。」

「我也不知道，」我說，「你得問老陳。」

「我都一個多星期沒見到他的影子了。」她說。

「我也一個多星期沒見到他了。」我說著，心下嘀咕：「原來是這樣啊！」

「他沒說要去哪裡？」

「沒有，」我說，「我上一次見到他，他什麼也沒說。」

「你不覺得他最近奇奇怪怪的嗎？」

「更喜歡喝酒了，」我說，「一個人都能把自己喝醉。」

「這個我倒沒看見，」她說，「離家前那幾天，一個從不買菜的人，天天下午往菜市場跑，又什麼也不買回來；我還看到他，下午學生放學階段，在附近的小學和中學門口轉悠，好像他也要接孩子放學一樣；更難理解的是，周邊幾個健身會所、瑜伽館和舞蹈培訓機構的海報，他都收羅在家，不知道要幹些什麼。問也問不出個所以然來，你說氣人不氣人？」

「這是要找人吶，在老陳的邏輯裡，一個能在凌晨三四點出現在酒吧喝酒的女人，一定就是住在酒吧附近某一個社區裡的。」我又暗自嘀咕起來。而這一切，都緣於二十多天前，我和小路給他講的一個故事。凌晨快下班那陣子，沒什麼客人，大家都有些疲乏，還無聊。一連好幾天都在廣州辦事的老陳，不停打著哈欠，晃晃悠悠進來了。宿醉後的他兩眼紅紅的，臉色白裡透灰，泛著喪氣，讓人心疼不已。小路想找樂子，順便表達一下我倆的小心思，便開始拿老陳離開前，留在把臺上的一張百元鈔票做文章，她跟我對著眼神說：

「辛姐，問問老陳，他在鈔票上寫的這行字，是什麼意思。」

「鈔票？」老陳一怔，說，「我寫什麼在鈔票上了？」

「你不會一點都不記得了吧？」小路把錢遞到老陳手裡，那上面寫著：「十二月二十八。夢。廁所。蟲子。顆粒。來去之間。」

「這什麼意思啊？」老陳接過去，真是自己的筆跡，卻又一頭霧水，「我也不知道。」

「辛姐，」小路說，「把咱們在監控裡看到的告訴他，幫他回憶、回憶。」

老陳自己倒了一杯波旁威士忌，喝下去一大口後，疑惑不解地看看鈔票，又抬頭看看小路，最後定睛凝視著我，那意思再明確不過了。開講之前，我把酒吧多個視覺的高清攝像及先進收音功能所記錄的一切，先在心裡默默捋上一遍。那一晚，我和小路下班離開不久，差不多快三四點時，酒吧裡來了一個穿著黑色風衣的女人。風衣很長，很薄，能完全將她的身體整個裹住；質地也十分柔軟，不管她怎麼扭動，都能貼著身子的曲線起伏。酒吧裡就老陳一人，除中途去一趟廁所，他一直待在吧臺內喝酒，偶爾還打一下瞌睡。幾乎沒聽到門響，是那個女人的黑色高跟鞋，在深灰色大理石地板上，踩踏出的橐橐聲把他吵醒的。老陳起身同時，她已經走到吧臺邊，正抬胯往吧臺外那張高腳凳上坐。

「你可以坐那邊，」老陳迷迷糊糊地說，「都是空著的。」

「我就一個人，」她扭頭看著空無一人的酒吧大廳，說，「也不等人。」

「那邊會舒服一點。」老陳說。

「這裡挺好的，」她回過頭來，又說，「我一會兒就走。」

「喝點什麼呢？」老陳問。

「黑牌威士忌，加冰，」她說，「一點點。」

「一點點酒？」

「冰，」她說，「酒要小半杯，一盎司左右。」

說這些話時，老陳在吧臺這一端，在收銀機旁，與她隔著一兩米。她在另一端，正好被吧臺上為數不多的一盞筒燈罩著。紅彤彤的光在她的正面傾瀉，將她身子描上一層金邊，又消失在黑暗中。越發讓她被黑色風衣裹著的背部，變得虛幻起來，幾乎消失，成為黑暗的一部分。她只有半個人，扁薄，怪異又立體，在隨著室內空氣的流動而顫抖。老陳端著倒好的威士忌走過去時，輕微搖晃一下，冰塊在杯子裡相互碰撞，也跟杯壁碰撞，發出喑啞的「咔咔」聲和綿長的簌簌聲。她正在解風衣口子，一顆一顆，從上到下。老陳等著，直到她捋著風衣的下襬，再次坐正身子，才遞到她的手裡。

「謝謝。」她說。

說話的同時，她黑亮的眼睛端詳著老陳，粉嫩的，撒了一層淡淡雀斑的瓜子臉，往下巴頦那兒收，微微揚起來，紅紅的嘴唇又翕動一下。老陳沒接她眼睛，或者接了，又向下溜滑著，看到她的內裡，穿的是一件孔雀綠無領蝙蝠衫，下襬一邊開叉，還拖曳出幾十公分，在腰上打一個結，露出扁平的小腹和幽深的孔穴般的肚臍。再往下，是一條黑色緊身九分形體褲。儘管是坐著，也能看出來，她的身子有多麼頎長、緊實和健美。顯然，她還比較年輕，三十五六歲吧，或許更大一點。但身材確實不錯，將老陳的目光一再吸引著，往她的胸口上滑。她的乳房渾圓而挺立，在微微的起伏。她用餘光瞟著他，知道他在看她，看的什麼地方，心裡又在想些什麼。估計有一股熱熱的氣流，在老陳的身體內流轉，也在他們兩人之間流轉。老陳擦著額頭上浮起來的一層汗，問道：

「還需要點什麼嗎？如果你還想嘗嘗其他的……」

「不用了，」她說話時，手裡抓著的手機「滴滴」響著，她點亮螢幕，開始在上面劃拉，還不忘告訴老陳：「這個酒挺好的。」她的手機又連續「滴滴」響好幾下。她停止劃拉，盯著螢幕看那麼幾秒鐘，光影斑駁的臉上，突然多了幾分凝重。

老陳把給她倒過酒的那小半瓶威士忌，從身後階梯型酒櫃上取下，放在她面前吧臺上，讓她想喝多少自己倒。還不忘告訴她，這瓶酒是剛從美國原裝進口的，今晚才開封的。還有黃牌和單桶兩款可以試試，口感確實不錯，他自己都喝三大杯了。還不忘伸出右手，用拇指和食指在酒瓶上卡一下，向她證明，這大半瓶都是他喝剩下的。她放下手機，端起玻璃杯啜飲一小口威士忌，微啟濕潤又飽滿的嘴唇，溢出一抹淡淡的笑，看著老陳，正想說點什麼，手機又「叮鈴鈴」響起來。她愣了一下，帶著遲疑用空著的那隻手抓起來接聽。一個男人惱怒又暗啞的聲音從聽筒裡傳出來，在這個時間點上，在空曠的酒吧裡，聽起來刺拉拉的。

「怎麼電話不接，訊息也不回？」男人說。

「睡著了，」她不動聲色地說，「沒注意。」

「沒事了？」

「沒事了。」

「誰給你說的？」

「大姐，我睡前剛給她打電話問清楚了。她說媽媽經常這樣，哪裡一疼都一驚一乍的，以為自己快要死了，逼著人家把她往醫院送。大橋邊的胡醫生來打了一針，她又說沒事了。」

「拚命給我打電話呢，今天下午。」

「媽媽給你打電話？」

「是的，」男人說，「我都把高鐵票買好了，正往車站趕呢，大半夜的。」

「沒事了，你先把事情辦完再回來吧。」

他們彼此的語氣都軟和下來，又聊了些其他事情，老陳呢，繼續呆呆地守在她的身邊。「說起來，真的有點不像你的風格，老陳，是不是她一進門，你雖然有些醉了，還是能認出來她是誰？你平時不會這麼殷勤為客人服務的，尤其女人。」我繼續說，「你老告誡我們，這個時間點了，還出來喝酒的人，需要的不僅僅是一個乾淨、寧靜的地方，也不僅僅是酒精、燈光、空間和夜色所營造出的契合於心境的氛圍感，還需要保持與自我及他者的距離。而你呢，就站在她的對面，隔著幾十公分寬的吧臺，眼巴巴地瞅著人家，幾乎都能聽見威士忌從她的喉管滑過的聲音了。」

「你知道你問人家什麼嗎？」小路接過去說。

「什麼？」老陳問。

「你問人家：『你是小謝吧？』」

「我說的是：『小曦吧？』」老陳說，「按你們這個說法，這個人應該是小曦。你接著講，後來呢？」

我說：「她沒回答你，也跟你一樣，只眼巴巴地瞅著你，眼淚突然掉下來，你的眼睛也跟著紅了。估計是不想讓她看到你的眼淚，你趕緊抽身走開，去到廁所裡待了十幾分鐘。等你出來，她已經走了。還在吧臺上，放了一百元酒錢。你跑出酒吧，在路牙子上站了好一陣子，然後再回到酒吧，找出筆來，在鈔票上寫下了那些文字。」

「我們這幾天都在猜呢，」小路說，「不知道你寫的什麼意思。」

等我用一貫的敘事風格，事無巨細告訴他後。老陳徹底信了，我和小路卻趕緊提著各自的坤包離開酒吧。如果他說想看監控，我們就會說，監控錄影只能保存七天，已經給覆蓋了；怕他逮著問這問那，故事就露餡了。我們查看監控，為的是幫顧客找尋遺失在酒吧的藍牙耳機，見他大半夜在鈔票上寫這些奇奇怪怪的文字，便合計瞎編出來的。故事裡的女人，就是照著年輕十歲的，當下迷戀上練瑜伽的汪姐描述的。這個故事，我不能複述一遍給汪姐聽。再說了，難道要告訴她，因為自己瞎編了個故事，老陳就去找其他女人去了？只得安慰她說：

「他一個大男人丟不了的，估計偷偷去哪裡散散心，過陣子就回來了。」

「只要人安全就行，其他的都不怕。」汪姐說，「我已經習慣他這樣跑來跑去了。這其中，幹了不少壞事，也為未可知。」

這倒是一點不假，我認識汪姐和老陳，都有好幾個年頭了，算是個見證人，有些事情，還是聽老陳親口說的。他酒量不小，酒品也好，就是話多。兩三盎司下去，跟倒豆子似的，攔都攔不住。親密點的人在身邊，他會拉住別人的手，攥在手心，一下一下拍著你的手背，「你聽我講嘛」，然後就開始說自己的各種經歷和見聞。

他從貴州南下深圳的第一份工作，是在一家臺資企業當儲備幹部。學到管理經驗了，跳槽去一家中小型房地產企業，做行政管理，後又調崗去企管部做一般職員。工作兢兢業業，成績也有目共睹。部長離職後，他又順理成章地當了部長。公司在全國許多大中型城市，都開發有地產專案，每個專案也都會留下一些固定資產；少則上千平米，多則幾萬平米，對外出租或自主經營，包括我們這個酒吧——老陳他們部門，便是負責對這些資產進行造冊登記和經營巡視。這個工作，他一幹就是十來年。出一趟差，短則三四天，長則個把月，可以說大部分時間都是在汪姐視線之外度過的。欽差一樣的權威和豐富的工作經驗，讓他獲得了許多額外的收入。按他的話說，每個月都是工資收入的四五倍，甚至更多。買車，買房，實現了一定的經濟自由。其中的門道和伎倆，老闆是知道的，天下烏鴉一般黑，不過分就行。他的辭職，完全是個人原因造成的。

老陳常年出差，卻改不掉認床和怕黑的壞毛病，甚至懷疑自己有輕微廣場恐懼症——空曠又陌生的酒店房間，讓他不管開燈還是關燈，都沒有安全感——或者這三種因素的疊加，造成他一宿一宿睡不著覺。除非喝酒，大半瓶下去，身軟腦袋沉，才能勉強睡三四個小時。初初那幾年，接待方安排的酒席上，因怕誤事，喝酒都適可而止（這個分寸直到辭職，他都拿捏得很好）。眼瞅送他回酒店的車輛絕塵而去，他又一個人走出酒店，買一瓶酒提回房間，一口一口灌著，眼睛這裡瞅瞅，那裡瞅瞅。偶爾還會凝神靜氣，聆聽房間裡，那些莫名發出的各種細微且讓人毛骨悚然聲音。不敢看鏡子，所有的燈都要打開。他還會拉開衣櫃、床頭櫃，甚至是趴在地上，用手機電筒，把床墊下的空間看得清清楚楚。用過的紙巾、避孕套、煙頭、煙灰缸、刀具、血跡及小額零花錢，是床墊下最為常見的東西，且每一個物件，都能加深他內心的不適。待他把窗簾的每一道皺褶抻展開打量完畢，還是不能消除積蓄已久的恐懼，且已經習慣及學會享受出差生活後，他會重新穿戴整齊，走出酒店，找一個夜越深酒越濃的地方——酒吧——待著。

不喧囂，不鬧騰，洋酒足夠多，有著昏暗的燈光和適可而止的曖昧，是老陳對一個酒吧的終極要求。他就是從那時候由白酒改喝洋酒的，準確點說，是迷戀上了洋酒的柔和與醇香。理由也簡單，度數低，控制好節奏，喝不醉，還能耗時。他會徒步在酒店周圍，一條街、一個街區地巡行，然後選一家最為中意的進入。直接坐在吧臺上，指著酒櫃問服務生，這是什麼酒，這又是什麼酒。他每樣都要倒一盎司，人頭馬、軒尼詩、傑克丹尼，還有伏特加，一路嘗過去，再選定一種，倒三四盎司，不加冰，繼續坐在吧臺上慢慢品著。偶爾砸吧著嘴，回頭看一眼，身後那些一樣被酒精迷醉了的在暗夜中浮浮沉沉的眼睛。

「獵豔？」小路瞅準時機問。

「不是跟你們吹，」老陳說，「雖然身體有時候，確實有強烈的發洩需求，我也不是為了這個才去酒吧的，可那樣的環境，酒又喝到那個份上。我一眼掃過去，不管是誰，她只要跟我的眼神碰一下，就那麼一下下，我就知道，我們有沒有戲。」

「那你不是跟好多人睡過了？」小路說。

「算上接待方安排的，還真是呢。」老陳說。

「我早就不相信老陳的身體了，」難怪汪姐會說，「我們之間，沒有愛情，只有親情。不管他說了什麼，做了什麼，老陳都是我這個世界上，最信任的也最靠得住的人。你們也別相信他不喝酒就睡不著的鬼話，他是有心結沒解開，這輩子也解不開了，且還是我造成的。」

汪姐說，她和老陳，初高中都是同學。戀愛關係是高一時建立的，相互鼓勵，相互扶持，一定要好好學習，用知識搭一座橋樑，走出烏蒙，走出雲貴。老陳的學習好一點，考取的是畢節師範學院，她自己差一點，考了個六盤水的中職技校，學的是財會。讀技校那三年，要了命了，愛上了寫朦朧詩，交了很多的筆友。移情別戀上一個長頭髮的眼神陰鬱的詩人，為他寫了很多詩和日記，記錄兩人是如何相識、擁抱，又是如何親吻的。反正什麼昏了頭的都往上寫，還特意拿給老陳看，想逼他分手。老陳沒看幾頁，便給她全部撕毀，一把火燒得乾乾淨淨，並如其所願地跟她分手。她跟詩人的關係還維持不到一年就分開了，她很快意識到，那不是愛，是傻，是為年輕交學費。老陳呢，也轟轟烈烈跟學院裡另一個女人愛了起來。她對此知根知底，冷眼旁觀，等著。還沒等到畢業，老陳又屁顛屁顛來找她了。心結卻就此結上，在他看來，汪姐一定是跟那個長頭髮詩人睡過了。日記已經燒毀，無法復原查閱，如果他問，汪姐一定如實相告，睡了，還不止一次。可他始終不問，悶著。兩個人繼續結婚生子，過日子，奔前程。一晃蕩，二十多年時間瀰漫在眉間心上。他們老去的過程，也是彼此父母逐個離開的過程。至親的離去，唯一讓汪姐覺得，似在心口上劃一刀的，無疑是自己的母親。

汪姐父親是十年前去世的，母親三年前去世的。父親身材適中，窄臉濃眉，鬢角及後腦勺的頭髮貼著頭皮剃得乾乾淨淨，頂上又留得老長，似一塊黑瓦。母親無疑是漂亮的，白臉，細腰，高身量，一條粗黑的辮子，一直拖到屁股上。辮子末梢，攀著一群追求的男人。父親是糧管所的職工，跟著自己的同事去家裡吃飯，便被母親看上了，倒追。兩人生了三個女兒——汪姐是老三，還想追補一個男孩，計畫生育來了。母親說：「你一個吃公家飯的，做個結紮手術，對工作沒半點影響。我不一樣，一旦做了，人會虛胖，醜，光長肉，沒力氣，幹農活使不上勁。」父親同意了，也很乾脆地去鎮上的醫院做了。還沒等肚子上的刀口痊癒，便聽得有人叫他獻雞。自此，再未踏出家門半步，二十多年時間，吃了睡，睡了吃，關著門跟自己耗。不到六十歲，便憑著自己的意念，讓自己死去。

母親的日子可想而知，一個人拉扯大三個女兒，書能讀多少算多少，男人也是她們自己找的。家裡只剩下母親一個人了，便天天一邊吃飯一邊掉眼淚。汪姐和老陳不容分說地把她帶到深圳，在身邊一起生活了十年。她像個沉默寡言的黑影，在家裡各個房間飄來飄去，什麼地方也不願去，似乎一見到太陽，自個兒便會消失。父親十週年忌，她一定要回去給他掃墓，去了就不願再回來。一個人在家孤清地活了半年，不是說這裡疼，就是那裡不舒服。嫁在隔壁村子的兩個姐姐，三天兩頭過來照看，帶她去鎮上的醫院打一針吃點藥就好了。直到她肚子越脹越大，鎮上醫生都不敢治療，送到六盤水醫院一查，肚子裡好幾個硬塊，還是晚期。手術都不需要做了，醫生說：「上了手術臺，估計就沒命再下來；帶回家，該吃吃，該喝喝，她的命，已經不是用錢能保住的了。」汪姐和老陳都回到烏江源頭的家裡陪著，請村醫一天來給她打一針醫院開的杜冷丁。她一口飯不吃，一口水不喝，火塘邊圍了一群人，她眼瞅一遍，只要不見老陳身影，一定會「陳軍、陳軍」地輕聲呼喚。最後一天，她坐在床頭，頭一直勾著，突然間抬起來，看老陳一眼，又閉上。老陳立即跳過去，坐到床上，把她抱在懷裡。不到一分鐘，她的身子突然又向後仰著，下巴也抬得高高的。只聽得喉管裡「咕」的一下，似乎一個什麼東西，掉進深井溶解後，她的生命也就走到了盡頭。憑的似乎，也是自己的意念。

老陳又急忙把她抱到早已安置在堂屋的棺材板上，用手幫母親把著下顎，汪姐呢，在另一側忙著幫母親捂住眼睛。她說：「我突然間發現，我媽的鼻毛又粗又黑，還探出鼻孔一釐米左右，似乎是死亡的一瞬間才長出來的。」她好想找一把剪刀給她剪了，想想又不敢。鼻毛也是她身體的一部分，還是她死亡的一部分；剪下來沒地方放，還害怕剪下來，鼻毛也會繼續長，像根麻繩，能把她三姐妹活活捆死。

「我們那兒，」汪姐繼續說，「父母去世，兒子是要在棺材邊陪睡守靈的。我們家，只能三個女婿去。兩個姐夫躺不到幾分鐘，便被人叫去打麻將，棺材邊只剩下老陳一個人。我呢，一個人躺在床上，胡思亂想中，感覺全身皮肉緊繃繃的，好像我媽的鼻毛，鑽出了棺材，把我捆了起來。嚇得我趕緊跑到堂屋的草席上，跟老陳躺在一起。他張開兩隻手，把我緊緊抱在懷裡，一如抱著死去的母親那樣。真的，這輩子，我從未感覺到，哪一個人的懷抱，能像老陳的那麼溫暖，踏實。不是因為我們已經好幾年沒做過愛了，那一刻，我突然意識到，一起風風雨雨過了這麼多年，我們已是彼此血肉的一部分。」

「老陳，你一定要等我死了再死，」汪姐對老陳說，「我死的時候，你一定也要這樣抱著我，我怕。」

至於老陳在岳母喪禮上的感受是什麼，他沒說，汪姐不知道，我們更不知道；但喪禮本身，以及汪姐的話，顯然給老陳的心裡，帶來了不小的震撼，所以他才說：

「我的離職意向，就是那時候萌發的。我也是那時候，才逐漸遠離其他女人的；

要不然，我還會睡更多的女人。你們都想像不到，很多時候，你還沒回到酒店，接待方已經把人安排到房間裡等著了。脫衣，穿衣，前前後後，最多個把小時。這樣的女人，沒有一個會留下來陪我過夜的。她走之後，一個人坐在酒店空蕩蕩的房間裡，我不只是害怕，還能感覺到無盡的空寂。覺得世界，除了我所在的這個房間，其他的所有存在，都已被黑暗所吞噬和消亡。我存在的空間，只是一個在宇宙裡，飄來蕩去的一個亮點，且在不斷向某一個無盡的深淵下沉，燈光也在越來越暗，越來越暗。只感覺到世界在旋轉，卻感覺不到自己的骨骼與皮肉，更感覺不到自己的思想。我是一段朽木，空了心的朽木。下沉到最後，會被一把火給燒了，世界，跟著會回到最初的混沌狀態，也就是說，什麼也不存在了。」

「這個時候，」老陳繼續說，「我就更想喝酒了，儘管自己的身體已經扛不住了，還繼續喝。年輕時，一斤高度白酒下去，我還能再喝五瓶啤酒，第二天依然神清氣爽的，虎虎生風的。後來呢，半瓶四十度的洋酒，也能把我扳倒，有時候還會有生命危險。我曾在成都的春熙路，抱著一根電線杆子，坐了大半個晚上。更搞笑的是在貴陽那次，半夜兩三點，酒吧關門了，不得不出來。冷風一吹，酒便上頭，走路都是飄的。你們知道我是怎麼走回酒店的嗎？我先站定，穩住自己的身子，瞅準前面一棵行道樹，緊跑幾步，抱住；頭不暈眩了，再瞅準下一棵，再緊跑幾步。半夜兩三點吶，在貴陽的觀山湖區，整個城市，整個街道，就我一個人，像一個虛幻的影子或不真實的瘋子。幾次撲空，從人行道摔倒到行車道，臉上，手上，腿上，都蹭破好幾塊皮肉。」

這事更像個催化劑，讓老陳想到南下十餘年了，前後忙活半輩子，錢沒少賺，人累得夠嗆，身體需要休息；汪姐自己的收入也還不錯——她是老陳跳槽到建築公司，工作和收入都穩定了，才辭去家裡皮革廠出納的工作跟來深圳的。一直在沙頭角一家生產手機零配件的電子廠，從出納做到了財務總監——家裡又只有一個正在讀研究生的兒子，吃穿用度的錢十分充裕。恰好這家酒吧計畫轉讓，近水樓臺的老陳辭職接了過來。按他的話說，純粹是為了找點事做，也為自己失眠的深夜，找一個固定的去處。

酒吧的招牌和名字都沒換，吧臺還是那個吧臺，其他的桌椅板凳、沙發茶几，全被老陳當垃圾扔了。在三百多平米的大廳，錯落有致地擺放著十來張定製的實木圈椅，黑色的真皮坐墊，椅背四十五度傾斜，像一個碗，中間又圍著一個白色的不鏽鋼圓形茶几，茶几上又是一個橘黃色的麥秸稈編織的圓形燈盞。酒吧開業時段，這些燈盞都一直開著。圈椅夠四五個人坐，也可以一個人獨享。被一米多高的磨砂有機玻璃圍著，與其他圈椅，隔著一米多寬的距離。從吧臺方向看，若黑暗的大廳裡——除吧臺和隔牆的廁所，酒吧裡再無其他光源——浮游著一團團孤清又朦朧的紅光。他還把原來的調酒師辭了，說來酒吧喝調酒的，都不是真正愛酒和懂酒的，只是想找個地方玩樂而已，比酒吧好玩的地方多了去了。做餐點的廚師也不要，不只是成本問題，外賣這麼發達，想吃什麼客人自己解決。簡單備一點下酒的瓜子、花生、胡豆、聖女果和橘子就行。人員只留下原本就是酒吧經理的我和伶牙俐齒的服務員小路兩個女人。有事了，盡心盡力地做，沒事了，我倆一人抱一本書，斷斷續續地看。我們給老陳瞎編的故事，包括那些文縐縐的詞語，差不多都是書裡看來的。當然，這是後話了。

「辛穎，」老陳當時鄭重其事地叫著我的名字說，「少了兩個人，勻出來人的人工成本，我都加給你們兩個了。」

「好的，老闆。」我和小路都笑著說。

「不要叫我老闆，」老陳說，「叫陳哥或老陳都行。」

「好的，老陳。」我和小路又都笑著說。

我們跟老陳很熟的，他沒接手之前，不在其他城市酒吧出沒，便會在我們酒吧出沒。汪姐也是他帶來我們酒吧消費，跟我們結識的。他有所不知的是，當他在其他城市的酒吧出沒時，汪姐也偶爾會在我們酒吧出沒，帶著不同的男人和女人。她們在這裡飲酒作樂，商量事情。每月會有一兩次，搖色子玩到我們酒吧下班，成為最後一桌客人。她母親死前兩三個月，得過一次重病。老陳半夜從外地給她打電話時，她就在我們酒吧喝著啤酒呢。前面我和小路給老陳合編的那個故事，對話內容幾乎還原了當時的情形。

酒吧成了自己家的，不為財務做帳，她幾乎不來。反倒是老陳，把它當成了半個家。我和小路每天下午兩點到夜裡兩點上班，老陳的大部分時間卻都是在酒吧裡度過的。他說晚上反正睡不著，白天汪姐要上班，家裡就他一個人，還不如在酒吧修修補補，搞搞衛生更有意義。酒也是要喝的，微醺就好，不會貪杯，要的就是腦袋木木的感覺。他有所不知的是，他所說的微醺，在我們看來，其實是醉了。好多次我們來上班，他都在吧臺內坐著不動，咧嘴一笑，想一句，說一句，努力控制自己的舌頭，力爭吐字清晰，意義準確。新開的一瓶酒，還剩下幾小口，偷偷藏在桌子底下，不讓我們看見。我和小路一對眼，開始到處找，說是被賊人偷去了。他依然笑眯眯的，不說話，努力找話跟我們說，想打岔。說著說著，他自己反倒忘記是怎麼回事了，也跟著我們找尋起來。場面逗趣而搞笑，能讓我們樂好幾天。

知道他酒醉會斷片，半小時之前發生的事情都有可能會忘記，我和小路瞅準時機，便捉弄他一下。兩個人藉故消費帳目對不上，裝腔作勢查監控，誆他說，昨夜有一個男人來酒吧消費，為什麼不收費。他一定是抵賴的，說不可能。我們便活靈活現地說，那個男人濃眉，圓臉，寸頭，穿一身黑衣服，肚子還有點鼓鼓的。抽著煙跟他一起喝酒，兩個人還聊得很歡實呢。我們描述的這個人便是他自己，他卻一點都覺察不到，酒也確實少了一瓶，他便帶著朦朧的酒意告訴我們：

「既然跟我聊得很歡，一定是我的朋友了，我請人家喝酒，哪還好意思找人家收費。」

「那怎麼辦？」小路說，「汪姐要對帳的。」

「我出，我出行了吧。」老陳說著，便會把整瓶酒的錢拿了出來。

我們收了錢，也認認真真入帳，讓他相信我們所言不虛。有時候是出於好奇，想知道他一整晚都待在酒吧，會不會偷偷葷，搞搞豔遇什麼的。便會編一個女人出來，跟他在酒吧約會；兩情相悅，卿卿我我，其樂無窮。他一樣要百般抵賴，說自己絕對不會在自己的酒吧，跟其他女人亂來的。「你們要說請女人喝酒，倒是有過的。」

「我們也沒說你亂來了啊，」有一次，小路說，「亂來的是你請她喝酒的女人。別不承認，有監控為證。那個穿綠色長裙、頭髮染得鏽黃的女人，摸你的手了，還想讓你抱她、親她……」

「你可不要亂說，」老陳急了，醉醺醺地說，「你說的是哪一天的事情？」

「昨晚。」小路說。

「哎呀，」老陳的臉突然變得煞白，說，「壞大事了。」

一問緣由，他說昨晚酒吧過去幾百米的紅綠燈路口，發生一起交通事故：一個穿綠色長裙、頭髮黃黃的女人醉駕，還不系安全帶，把車直接開進路邊的花壇裡，撞在一棵水桶粗的小葉榕上。車子的前臉騎在樹幹上，擋風玻璃碎一地，她自己飛出去幾十米，當場就死了。我們馬上改口，說故事是編的，那個女人的死，跟他沒半點關係，他還是不相信。

「你們不要安慰我了，」老陳說，「我做的事情我知道。」

說完老陳就走了，說要找地方，買點紙錢，夜裡去事故路口，燒給那個女人。如此一來，我和小路反倒嚇得不輕，連著翻看好幾天的監控錄影，也沒見到有這樣一個女人來過我們酒吧，心裡才略微放心。說起來，要不是老陳這麼容易「上當受騙」，我和小路也不會想著要編個故事逗他玩的。本意是趁機勸他少喝點酒，或者去看看醫生。沒想到這一次，他會更加當真，更加的義無反顧。此後十多天，白天在他臆想中的，那個女人可能出現的場所去尋找，夜裡還天天守在店裡，等著她的再次到來。神奇的是，汪姐酒後離開，我抱著獵奇的心態，一個人去查老陳消失當晚的監控錄影，還真有這麼一個女人出現了。

也是半夜三四點鐘，酒吧的門「哐嚓」一聲。隔著顯示器螢幕也能感覺得到，她進門的瞬間，酒吧裡滯重又慵懶的霧氣，在朝著門洞的方向流動與塌陷，隨即，一股清冽的風，又猛的往裡撲一下。老陳抬起迷離的雙眼，她已近到身前——白淨的臉上，紅唇，高鼻，眼睛黑而亮，眉毛也是精心修飾過的，似乎每一根都重新捋直，沿著原有的幅度排布，到了眉梢——眼角斜上方——又輕輕挑一下，黑色的高領風衣，如剪一塊用於遁行和隱身的夜色，直接裹在高挑又緊實的身上。

她隔著酒吧櫃檯看老陳一眼，似乎是無意間往一個方向瞟，老陳又正好坐在那裡，露出來半個身子，和一張蠟黃又陰鬱的臉。他的眼色由散淡轉化為聚合，眣一下，又眣一下。先是看她，後是看著放置於櫃檯右側的那把高腳凳。她是奔那把凳子去的，一進門就是。一抬右胯，屁股已坐上去一半，與此同時，一個墨綠色的雙肩包從她背上滑落，輕輕放置在她的腳旁。

「這回，」老陳等她坐正身子，雙肘擱於酒吧櫃檯，扭一下腰，又扭一下屁股，調整好坐姿，終於正眼瞧著自己時，才問：「又喝點什麼呢？」

「常喝的那個吧。」她說。

「我忘了——」老陳說，「那應該是很久之前了——」

「四玫瑰，」她說，嘴角抿著一抹稍縱即逝的笑，「有編號那一款。」

「對了，」老陳說，「不加冰。」

她又看老陳一眼，輕輕吁一口氣。恍惚間，想到什麼，又佝下身子，在地上的雙肩包裡窸窣翻騰，找出來一包煙，一個打火機。煙盒上端，橫著一個大黑塊，下方又是三塊豎著的藍色（中間一塊大一些）。抽出來細細的一根，白色的，濾嘴頂端，還有一個粉紅色的心形。她點燃，深吸，吐出的第一口煙氣，在再次變得滯重又慵懶的空氣中，氤氳出一絲絲久久不能散去的白氣時，老陳已把盛著一盎司威士忌的玻璃杯，輕輕推移到她的面前，在她一張開手指，就能輕輕抓握住的地方。

隨後半個多小時裡，他們都不說話。她一個人安靜地抽煙，喝酒。也不是沒有聲響，她吹出煙氣時，嘴唇是微微噘著的，在唇間往外呼呼吹氣；那些琥珀色的液體，一小口、一小口地倒入她的嘴裡，在唇齒間迴旋一下，又一下，再輕輕緩慢滑過她的喉嚨。老陳呢，就那麼出神地看著她，內心似乎在一下緊似一下地跳著，且在不斷往裡收縮、下墜，將他的頭顱拉低，及至深深地抵靠在吧臺上。她唇齒間迴旋的那些酒精的辣味，還有那些乳白色的煙氣，似乎都在經由每一個毛孔，進入老陳的血脈，歸攏到心臟裡，成為一個滾燙的核。時間靜靜地流逝著，老陳抬頭看時，她已經推門出去，背著她的墨綠色雙肩包，繼續在夜色裡潛行。

老陳慌忙起身跟了出去，在酒吧門前的路牙子上，左邊看看，右邊也看看。時近臘月，風都是硬的，在街頭兜兜轉轉又跌跌撞撞。他裹緊身上的衣服，繼續左邊看看，右邊也看看。我知道，他是什麼也看不到的，但有可能聽到她高跟鞋的「橐橐」聲，正在輕一下、重一下地，敲打著這個南方城市堅硬的路面。不用辨別，老陳都能判斷出來，聲音來自什麼方位。我們酒吧所在的這一條街，左邊是深港邊境，是不可逾越的深圳河，右邊是深南大道，可以通往這個世界的任何角落。老陳連一秒都沒多耽誤，便頭也不回地朝著一個方向走了。看到這裡，我心裡十分篤定，他是不會再回來了，至少短期內不會。念及於此及緣由，一股神祕的力量，從我的身體穿心而過。

關於我的生活斷章

蟲子在血管裡，跟著血液流動。

回到家，我在本本上寫了這樣的話語。本想表達一個人的孤獨，寫完一看，才知道講的是做愛及之後，身體的感覺。不知從哪一天開始，我保持這個習慣好幾年了。一點想法，一種感受，有時什麼也不是，簡單一個詞、一個字。比如：「水管」、「洞」、「葉子和風」、「進入」、「來來去去」，等等。有的來自平時的觀察，有的來自夜裡的夢境。具體點說，是五六年前，我與妻子離婚不久。

她帶著女兒搬了出去，留我一個人在原來的屋子裡。

一個人生活，弄不出來多大的聲響。偶有大的聲響發出，我就會倉惶四顧，以為這是一種錯覺，不相信是自己發出來的。這其中，有著一種莫名的慌張，日子久了，還能延伸出一些其他的恐懼。我不再下廚房，不相信飯菜做好後，真的只有我一人在動筷子。我不吃，就看著碗碟，以為飯菜會漸漸消失於無形。看電視也一樣，不開很大的聲音；但不同的頻道，音訊大小不一樣，換臺時聲音時大時小。我就用手摸摸身邊，以為一定是還有另一個人，也拿著遙控器呢。這個時候，我更會害怕屋子還會發出其他聲音，比如老鼠、蟑螂在角落裡跑動，抑或是衣櫃乾裂的聲響，都會讓我覺得，其實我是不存在的，我們家屋子裡，一個人都沒有。

下班之後，我會在外面停留很長的時間，一個人無聊地逛街，輪流在不同風味的小吃店解決晚餐問題；我還因此認識了很多人——食客和店主，包括一個叫黃玉的女子和她的女兒，我叫她的女兒妞妞。妞妞有著肥嘟嘟的小臉和長長的頭髮。我一見到她就喜歡把她抱在身上，跟她開玩笑。

「妞妞，把頭髮剪了涼快一點好不好。」

「不好，」她說，「我長大要去跳舞的。」

「跳舞又不用頭髮跳。」

「沒有頭髮就不漂亮了。」

這麼說著，我抱上她往一旁的理髮店走。妞妞會哭出聲來，讓媽媽趕快救她。我還喜歡帶她去玩輕功的遊戲——提著她的兩隻手，讓她做出凌空急速奔跑的動作，從花草上飛過。

「叔叔，我還要。」

一聽到她這麼嬌滴滴地叫我，我便不辭辛勞地在她家店鋪附近的綠化帶上，提著她不停飛奔，累得兩人都大汗淋漓。直到黃玉喊起來，讓我們回去吃飯。回家得早了，我常帶上一瓶酒，坐在陽臺上去，看著外面的風景。有時我坐前陽臺，看社區游泳池裡撲騰歡叫的人群，還有那個剛從廣西來深圳不久的救生員小王。他坐在高高的救生梯上，一抬頭就能看到我，朝我不停地揮手。

「下來嘛，下來嘛。」他想找我聊天。

更多時候，我是坐在後陽臺，時不時抿一小口，讓酒精的作用將其他感觸覆蓋住。腳下，城市的喧囂一刻也不停歇。街燈昏黃，一些人懶散地走過來走過去。我便會以為，就在剛才，我走過的時候，一定也有這樣一雙眼睛看著我。如此的互動，讓我心裡踏實了許多，人也會慢慢安靜下來。將眼睛抬高一些，越過深圳河，看著遠處的大霧山。

大霧山處於香港地界，它跟影視裡的香港不一樣，沒有聲色犬馬，沒有光怪陸離，有著的只是靜默和無盡的蒼茫。由於時間關係，很多我看著它的時候，它都隱藏在黑夜中。我看不清它的面目，但我知道，它就在那裡，也看著我；且，在我活動心思的時候，它也在關注我，帶著冥想。是深圳的梧桐山給了啟示，它隔著邊境線，與大霧山對峙。那是我第一次想到，要專門找一個本本來，記下自己的想法：

成為山，也就成為一種距離……

寫好之後，我會時不時拿出來看看，沒過幾天，卻又忘記自己到底想表達什麼了。好在這並不重要。我不太會記事，尤其那些不曾走心的事，這也是離婚帶給我的後遺症之一。

關於我的狀態，我自己沒有想到，妻子也不會想到。我最近一次見她，是在半個月前。她現在到東北去了，此刻應該正在鴨綠江上泛舟暢遊。「看看朝鮮。」她是這樣給我說的。這曾是我答應過她的事，現在由另一個男人帶她去實現了。我告訴過她，只要在當地辦一個簡單的手續，就能到朝鮮做短程旅遊，其實我也不知道這是否可行，但她已嚮往了很久。

這一兩年來，我們見面的次數越來越少了。

這一次為的是孩子的事情，在電話裡便能說清楚的，她卻堅持要見面再說。就在雨花西餐廳，這是之前，我們一家三口常吃飯的地方。我比預約的時間提前一小時到達。還沒到吃飯時候，餐廳裡就我一個人。服務員都坐在盡裡面挨著廚房的一張餐桌邊聊天、打牌。見我進來，一個二十不到的服務員走過來。她跟我們培訓中心的許多學生年紀差不多，一手端著一杯檸檬水，一手拿著點菜本。

「看看。」她把點菜本放在我面前的餐桌上。

女孩化有淡妝，頭髮貼著頭皮往後梳，在後腦綰成一個髻，再用黑色的網兜兜住。這樣的妝扮使她的臉看起來精緻了許多。我看她，她就看著我笑，露出潔白的牙齒。這樣一來，我也得以微笑回應，內心帶著氣惱和怨恨；不停地把菜本往後翻，不知該點些什麼才好，乾脆將點菜本放回到餐桌上。

「我等人，」我說，「人來後再點。」

「先上杯咖啡可以吧？」她在詢問，儘量讓語氣顯得更像是一個建議。

「好的。」我說。

「卡布奇諾還是拿鐵？」

「都可以。」

「那就卡布奇諾吧。」她幫我拿了主意，又從口袋裡拿出點菜器，按了幾下，將菜品的編碼輸進去；隨後，她去到櫃檯電腦前，列印一張電腦小票拿過來，放在我的面前。我一直在觀察她是如何來來回回地走路，她閃著腰肢扭著屁股走第二個來回時，我幾乎是厭惡地閉上了眼睛。一點也沒注意到，妻子已經到了。我睜開眼睛就看到她，她正抬手在我眼前揮動，似乎在擦去什麼遮擋住我視線的東西。

「怎麼了？」她說，「睏了？」

「不是。」我說。

餐廳有兩排挨牆的情侶座。黑色的餐桌長長地置於中間，鋪著長及地面的黃色桌布，上面又是茶色的玻璃。餐桌兩邊各有一張紅色的真皮沙發。我剛來得及看清她的穿著，她便在我對面坐了下來，開始整理她優雅的淡綠色長裙。我往前伸腿時，感覺到自己的小腿，正從她黑色的絲襪上滑了過去。我用眼神來向她表示歉意。

「你點了什麼？」她問我。

「咖啡。」

「給我也來一杯吧。」她對服務員說。

「卡布奇諾的？」

「嗯。」

她一直在笑，將新婚的喜悅掛在臉上，給我春風化雨的感覺。她比以前漂亮了，漂亮了很多，也比以前胖一些，或許就因為胖，我甚至覺得她連皮膚都比以前白了。我看著她，心裡暖暖的，想像著她在一個比我更能滿足她的男人身上，都找到了什麼樣的幸福。由於粉底沒打勻，她右嘴角的下方，留下了一個小小的暗影，我就用手給她指了指。

「什麼？」她問我。

「沒事。」我覺得自己沒法給她解釋清楚。

「我在外面看了你一會兒，」她說，「你沒發覺？」

「沒有。」

「我看著你，突然覺得有些害怕。」

「我怎麼了？」

「感覺你就像個影子一樣，無聲無息的，輕飄飄的。」

我沒有回答，這是她的感覺，或許是說我一身的黑服。我在心裡想，回去後，我得把她這句話，記到我的本本上，當是自己的；不過，我是不會這麼看待自己的。我就是喜歡：你就像個影子一樣，無聲無息的，輕飄飄的。這讓我想到了自己的死亡，或許哪一天，我就是這麼死去的。無聲無息地生活，也無聲無息地死去。

「女兒得來跟你住一陣。」她說，「我們要到東北去，蜜月旅行。」

「你就為了這事嗎？」

「嗯，」她說，「怎麼了？」

「沒怎麼，」我說，「我會去接她的。」

咖啡上來了，冒著熱氣，在我們兩人之間嫋繞。

「你不高興了？」

「沒有。」

「你都沒祝福我。」

她的話，讓我的眼裡有了淚意。我伸出手去，隔著桌子，摸了一下她的臉。她低下頭去，臉紅了，就像我們結婚的那一晚。這個念頭，把我自己嚇了一跳。我知道，我無心地冒犯她了。

我說：「老婆……」

當我用手去撫一個女人的臉時，會儘量將手掌攤開，用每一個毛孔去感知她的溫度；我還會順便用拇指和食指夾一下她的耳垂。對我來說，這比進入一個女人的身體，更能體現親密的程度。黃玉對我說，沒有一個男人如此認真地撫摸過她的臉，包括她的老公。

黃玉賣外貿服裝，她在另一個社區，租一間不到十平米（約三坪）的小店賣衣服。她的店面邊上，是一家雲南夫婦在賣過橋米線，也有炒菜，但客人基本都是衝他們家地道的過橋米線去的。我每天下班，都會經過那裡，更因為我喜歡他們家的剁椒，就會常去。天氣炎熱，室內沉悶，蒼蠅在風扇攪出的熱風裡飛來飛去。我去了，只會選擇在外面的雨棚下就餐。人坐下來，還沒點吃什麼，先讓店主開一瓶冰鎮的啤酒喝下去。

黃玉也喜歡吃這家的米粉，不過是坐在自家的雨棚下吃。她說話的聲音很大，尤其打電話時，會叫，會喊，會大聲罵人。兩家店面挨著，雨棚也是連著的，我們幾乎是坐在一起吃飯。有一次，我聽到她在電話裡大聲地罵一個男人：

「你他媽跑到泰國去幹什麼？你去死去吧，別再讓我看到你。」

講完她就掛了，目光凶狠地看著我，似乎我就是她罵的那個人。我沒有看她。我聽了她的電話，這是耳邊風；若這時候我去接她的目光，就變成是有意識偷聽了。我想，這讓她記住了我。我們的認識是下一次，我坐下來叫啤酒的時候。我們先成了朋友，後發展成情人，再後來就什麼都不是了。

黃玉也喜歡喝啤酒，坐在她自己的雨棚下，用一次性杯子，一口一杯，速度不快不慢。我們幾乎是同一時間讓店家拿啤酒，老闆只提了一瓶出來，說全賣完了。我就和黃玉相互推讓，她說給我喝，我說給她喝。我麻利地站起來，將啤酒放到她的餐桌上；跑到附近的一家小賣部提了三瓶回來，又往她的餐桌上再放一瓶。

「謝謝。」話雖這麼說，她的表情卻一點都不客氣。

妞妞五歲多一點，媽媽喝酒時，讓她一個人在店面的衣服堆裡亂滾。我沒記住妞妞的真名，妞妞是我隨口叫的。妞妞有一個布娃娃，她跟布娃娃玩，給她唱歌、跳舞、講故事，一個人也能玩出萬般的精彩。她不會來打擾黃玉喝啤酒，她更願意將媽媽賣的衣服裹在身上，自己逗樂自己。看她玩得忘情的樣子，我總覺得，不是她媽媽不帶她，而是她根本就不需要媽媽。等我給她買了巴拉拉小魔仙後，又發覺完全不是這樣。她會依戀我，拉著我的手，讓我模仿電視裡小魔仙的口氣跟她對話，然後笑得像一個天使。黃玉有些無奈，說：

「媽的，她不要我了，就親你。」

我們的關係，因為妞妞而變得無遮無攔。我不再去其他地方吃晚餐，妞妞從幼稚園放學回來，會坐在店門口等我下班跟她一起玩。遠遠地見著我，她就張開雙手，朝我大喊：

「飛機……飛機……」

同樣等我的，還有黃玉，以及黃玉放在她家餐桌上的那瓶啤酒。之前，每當我走過，都能看到她一個人，怪怪地坐在餐桌前，自斟自飲，一瓶啤酒，好像永遠都喝不完。我們認識後，餐桌上放著的啤酒變成了兩瓶。每到下班時間，我沒想到黃玉，心裡首先跳出來的是妞妞以及那瓶為我準備好的冰鎮啤酒。

有的時候，我甚至想不起黃玉的身段、樣貌和衣著。不過，她很好看，喜歡到金光華附近的外貿大樓去買各式各樣外貿轉內銷的衣服穿。她是個衣服架子，高䠷，且凸凹有致。什麼衣服掛她身上，都有著萬般的風情。她所賣的衣服都是在外貿大樓去進的，她就是她自己的櫥窗模特。

我帶她去過我們社區的游泳池游過泳，當她穿著三點式的比基尼從更衣室出來，立即便吸引了所有人的目光。我催她趕快下水，下到水裡，露一個頭出來，就沒那麼扎眼了。她在水裡游，看著我們——小王和我——笑。我雖然也換了衣服，但一直站在救生梯邊跟小王聊天。

「看到沒，」小王往水裡游泳的男人們指了指，「他們喜歡玩潛水。」

我一開始還沒明白他的意思。他又說：「你趕快下去吧，你下去跟你老婆游，他們便不會再往水裡扎了。」

「她不是我老婆。」我說。

「瞭解，」他說，「男人帶來游泳的，一般都不是自己的老婆。」

小王是從廣西南寧過來的，他告訴我，他在中國人壽的南寧分公司上班，不在外面跑，是坐辦公室的那種。他說他是在江邊長大的，天生會游泳；覺得那樣的生活沒有意思，便去考了救生員證，通過網路應聘上，馬上跑深圳來了。

「為什麼是救生員，不學其他的東西。」

「看女人唄，」他看著一臉疑惑的我，繼續說，「很多人買了夜視望遠鏡，晚上跑到樓頂，通過窗戶偷窺別家的女人。我這個職業，你看，隨便看，不犯法。」

見我不相信，他笑了起來。說：

「我其實是想換一種更為真實一點的生活。」

「你怎麼就覺得生活不真實了？」

「整天面對電腦，靠二手資訊，真假莫辨的資訊，處理生活，能有幾分真實呢？」

「你大學學什麼的？」

「漢語語言啊。」

我記得，我在特區報上，看到過類似的話語，還被我摘抄到本本裡。大意說：資訊技術的發達造就了我們純粹依靠外在事物的生活方式，那些隱藏在外在事物身後的真實的東西，就會衰退成一片陰影；而人，就會變成連自己都不認識的陌生的幽靈。

我說：「我以為你是學哲學的呢。」

「不是，」他說，「難道我說的不對嗎？你，還有他們這些在水裡像餃子一樣漂著的人，哪一個不是？」

我沒坐辦公室，我的天地屬於三尺講臺，但我所過的生活也跟他講的差不多。小王的話讓我覺得，他黑黝黝的皮膚下，流著比我們任何人都要鮮豔的血液。他來深圳的時間不足一個月，下了火車就直奔工作地點，可以說，他還沒去過深圳的任何地方，對深圳也完全不瞭解。這便是他喜歡找我聊天的原因。不停地問這問那，而他最希望瞭解的，是深圳有多少海灘可以游泳。這個我無法回答，建議他自己到網上查去。

「那離我們最近的是哪一個？」
「大梅沙。」這個我就知道了。
「那我一定要去看看，我都還沒看過海呢。」
「你不如直接去海灘當救生員好了。」
「對的，」他篤定地說，「這就是我的理想。這個月工資到手後我就去。」
「這理想也太簡單了。」
「不，不止於此，」他說，「我還要找一個女人，跟她在大海裡做愛。」

黃玉對我說，她一點都不想做愛。雖然她裝得冷冰冰的，也說出這樣的話，但我知道，她有著強烈火熱的欲求。她為我時刻準備著的那瓶冰鎮啤酒，代表著一切。我能接收到她身體的訊息，卻很久都沒回應她。

我們一起喝啤酒，喝的同時，我多半都是在跟妞妞玩。我把她抱起來，讓她坐在膝蓋上，一顛一顛的。我能感受到，她屁股上小小的骨骼，在我的腿上碰觸時，那種輕微的震動。我們也玩其他遊戲：我的雙手抄在她的腋下，把著她肥肥肉肉的身體，讓她單坐在我的一條腿上。坐穩了，再放開，看她能通過伸展開的雙臂保持平衡多久才倒下。這個遊戲，我們取名為：飛機。

「我還要玩，我還要玩。」她玩什麼都總這麼說。

我拗不過她，也不想傷她的心。自己已經很累了，聽她這麼叫著，又會再陪她玩上一陣。我知道，等她玩累了，就會在我的懷裡睡去。黃玉說：

「真的，我不要了，你帶回去吧。」

我想到了我的女兒，她也是這麼一天一天長大的。我對她有著深厚的感情。但我總莫名其妙地想著，她不會長大，她都等不到長大，有一天便會突然死去。是這麼一個場景：天高，雲淡，曠野無邊。只有她的墳墓立於天地之間，上面長滿了荒草。我能感知她黃土之下細白精緻的屍骨的寒意。看著她，想著這些，我常常淚流滿面。或許，這便是我跟妻子離婚時，我不願意要她的原因。

我讓女兒和妞妞做朋友，但她們不是一個時代的人，玩不到一起去。妞妞跟在後面叫她姐姐，她答應著，卻不理她。不管妞妞是想要她做什麼，她完全不管不問。她的世界，我們這些人都是不被允許的。我根本想像不出來，離開我之後，妻子是如何將她帶大並每天與她相處的。

她跟我來到家裡，提出的唯一要求就是，要把筆記型電腦放在她的房間裡。之後，我們就不怎麼說話了。她白天自己去上學，回來要做作業，做完作業就玩電腦，她的時間沒有一分鐘是屬於我的。

「要去外面走走嗎？」吃完晚飯，我問她。

「不去，」她說，「要去你自己去。」

「公園也可以，」我說，「東湖晚上也有很多人的。」

她把門關上了，都不想聽到下半句。

這樣也好，我給了她一些錢，連吃飯問題都讓她自己解決。只有週末，送她去少年宮跳舞時，我們才能安靜相處一段時間。

她學的民族舞，班裡二十多個孩子，都是女孩，也都跟她一般大，到了發育的年齡。穿上緊身舞蹈服時，胸口那兒鼓鼓的，像兩個小小的硬塊。我隔著玻璃看著她們，身材那麼修長、柔軟、靈動，在音樂的伴奏下翩翩起舞。感覺到生活裡有著一種從未體驗過的美好，在空氣中慢慢發酵；並通過呼吸滲入我的身體，然後在喉嚨那兒漸漸淤積，讓我的歡欣之情，怎麼也不能暢快。我就時不時地起身去飲水機邊，用一次性杯子接水喝。先倒一半冷的，再注入一半熱的；然後，喝下去。看著她們一場練下來，我差不多得喝十幾杯水。

「你喝那麼多水幹什麼？」女兒出來訓斥我，「不會自己買一瓶帶在身上。」

她對我的厭惡之情徹底表現出來。回家後，我在本本上寫了兩個字：杯子。我甚至晚上睡覺都夢到了杯子，夢到自己在飲水機前，怎麼也不能把杯子注滿，而我的女兒，她和她的同學們，都在隔著玻璃，惡狠狠地看著我。這也是她來到家裡後，我下了班，卻在外面停留更久的原因。我不想見到她，她只有在需要別人的時候，才表現出應有的善意。

她洗完澡出來，穿著睡衣在沙發上坐著看電視時，會請我給她用吹風機吹頭髮，但這並不表示，她想讓我們的關係變得更加親密。她只是懶得動手，還想一邊看電視，一邊吃零食。我幫過她一次，吹著，吹著，我從她的側影裡看到了妻子的影子，人就有些發懵，盯著一個地方把她吹疼了。她便惡狠狠地搶過吹風機自己吹，回頭看著我，像看一個仇人。

怎麼說呢？我覺得跟她在一起，還不如跟妞妞在一起更有意思。有時，我甚至都不回家，陪妞妞玩累了，便跟黃玉一起回去。打烊時，我抱著已睡熟的妞妞，黃玉走在身邊，一起去到她的家裡。這時候，我們的談話就會比喝啤酒時更加深入。她說：「我什麼也不想，每天就是帶孩子，賣衣服。老公跟一個女人跑了大半年了，我開始還會在乎，現在都不去想他了。不過有時候也會想男人，任何一個男人，想做愛，但一想到做愛之後那種無盡的蒼涼，又覺得，還是不做的好。」

我不喜歡她這麼矯情和為難自己。有一次，把孩子放在床上後，我轉身就把手放在了她細細的腰上；她全身便酥軟了，美美閉上了眼睛。不過，那一夜，我是用手滿足她的。第二個晚上，先採取行動的便是她了。為不把妞妞弄醒，進到臥室後，我用腳相互踩掉鞋子，幾乎是跪著把她送到她靠牆的小枕頭上的。天氣熱，沒給她蓋被子。等我回身的時候，黃玉已經換好衣服了，一套紅色半透明的蕾絲睡衣。

「我今天去進貨時一起買的。」她說。

穿著這樣的衣服做，於我是從未有過的經歷。我看著她，能感覺到自己的身體在膨脹，於是乾脆不下床，脫了衣服抱著她，把她壓在身下，進入她的身體。進入之後，我便不怎麼動了，在相互靜止的狀態下感受對方。妞妞就睡在我們身邊，我有一絲擔憂，害怕動作太大，把她吵醒，那樣，我們便無法跟她解釋這種赤身裸體的纏繞到底是什麼意思。但她沒醒，她玩得太累了，睡著後，鼻翼一抽一抽的。她密布著青色血管的額頭上爬滿了汗水，胳膊和手臂上也濕漉漉的。我還抽空幫她整理了一下頭髮，全部順到枕頭外面，怕焐壞了她小小的身體。似乎忘記自己的身體下面還有著一個人，直到黃玉突然震顫起來，十分的劇烈，嚇了我一跳。好在沒過多久，她便安靜了。

「我暈了。」她氣喘吁吁地說。

我滑下來，跟她並排躺著，聊天。我們的身體隔著一段距離，好讓風能透進來。她問我：

「晚上不回去陪女兒，不怕她有意見？」

「不會，」我說，「我沒意見，她就更不會有了。」

「我都沒見過你老婆呢。」

我翻身去找褲子，從褲兜裡掏出手機，打開相冊給她看。她接過去，翻看了一下，臉上藍幽幽的，說：「她好漂亮。什麼時候照的？」

「離婚的時候。」我說，「都好多年了。」

她繼續看。我說：「我想去洗個澡。」

她沒有理我，我便起身走進了洗澡間。我聽到她在外面大聲地說：「我們明天去大梅沙吧。」

「去幹什麼？」

「小王在那裡找到工作了，明天下午過去。我們跟他一起去吧，我都好久沒出去走走了。」

「你怎麼知道？」

「他今天過來買衣服了。」

「不做生意了？」

「休息一天嘛。」

「可以，不過上午先陪我去外貿大樓買件衣服吧。」

「你要什麼樣的？」

「是給我女兒的，她過幾天就過十二歲的生日了。」

她說了聲「好的」就沒了聲息，估計睡著了。我打開水龍頭，讓溫熱的水流沖洗著身子，把她留在我身上的汗水及來自她身體深處的液體一起洗去。就是這個時候，我想到了「蟲子」這個詞，用它來表達我做愛之後的孤獨感，再貼切不過了。

第二天，我帶著女兒去接黃玉和她的女兒，我們一起去外貿大樓。

我想給女兒買條裙子的念頭，是從去妻子家裡接她那一天產生的。妻子——前妻和她的男人，站在客廳裡等我，身邊放著已經收拾好的行李。我進了門，和妻子（我一直不喜歡用「前妻」這個詞去稱呼她）的男人握手，我們又簡短交談了幾句。我認識他，在我和妻子離婚之前就認識了。他說：

「你再不來，我們就要去機場了。」

「上課耽誤了一下，」我說，「東西都收拾好了？」

「收拾好了。」他說。

「傷風感冒藥、腸胃藥，最好帶一盒藿香正氣水。還有噴霧的雲南白藥。這些最好都備一點。」

說這話的時候，女兒在她的房門口出現了，我嚇了一跳。上一次見她，也不過是幾個月前的事情。她偷偷跑來找我，說要買一部手機。我答應下班後，帶她去華強北，她看中什麼就買什麼。她說：

「不行，給我錢，我自己去買。」

我給了她一千五百元。她就看著我，眼睛一翻一翻的。我又加了一千元，她這才滿足，嘴裡悠悠地說：

「謝謝爸爸。」好像還很委屈。

儘管這樣，我還是沒有料到，她都長這麼高了，站直身子，已經超過我的心口。穿上長裙，她就會變得亭亭玉立，我當時就跳出了這麼個念頭。在少年宮看她跳舞的時候，我才明白過來，也就是在這幾個月裡，她的身體開始發育，將她變成了另外一個人。她的性情也跟著變得倔強而不可理喻。我有些後悔，但我不能反悔。她是我的女兒，我也不能在這個時刻，將她推給別人。對於她的成長，我已缺失太多。給她力所能及地買一點東西，對我來說，是一種莫大的心理安慰，何況還是在她生日之際。

我們是打的去外貿大樓的。女兒選中的是一條修身抽褶波點連衣裙，她說范冰冰代言的一個品牌裡，也有這個款式，我看著不錯，就付了錢。以為這就夠了，可她跟黃玉耳語了幾句，又走到上一個樓層。我一直拉著妞妞跟在她們身後跑，等我們跟上去，才發現這一層是專賣女性內衣的，一派柔靡又浪漫的恬靜氣息。我知道，這時是不便跟上去的。我們在電梯口那兒找地方坐下，等她們，一邊跟妞妞玩飛機遊戲。

妞妞格格的笑聲，把別人的目光吸引過來。黃玉在幫女兒挑選內衣，我看到她拿起一件粉色的帶有蕾絲花邊的文胸，在女兒的身上比劃，又在自己身上比劃。我想像著她穿起來而我在將她往床上放之前，不得不笨拙地從後面幫她解開扣子的情形，小腹便開始鼓脹，傳開去一道溫熱之氣，將陰莖瞬間勃起。我趕快把妞妞放到地上，讓她去找媽媽。我低下頭去看著褲襠，覺得自己有些不可思議。

「不要亂跑啊。」黃玉在交代妞妞。

中午我們一起在外吃了午飯才去找小王，跟他一起坐車去大梅沙。其實，是他想讓我們帶他去，他連該坐幾路車都不知道。到了大梅沙公園管理處報到後，由於得第二天才上班，他便跟著我們一起玩。我和小王在男更衣室換泳褲，女更衣室只一牆之隔。我都能聽到妞妞在牆那一面不停地格格大笑，還有人撕扯什麼包裝袋的聲音。黃玉的比基尼是從家裡帶過來的。女兒的是到了大梅沙後，黃玉在現場幫她買的。是大海一樣的天藍色，上面近乎抹胸，下面猶如超短裙。這是我的意見，女兒也沒有反對。她穿上十分顯瘦，肩胛骨突起，肋骨也清晰可見。沒有多少肌肉的小腿上，有著一層青青的體毛。看著她穿上泳衣後，我覺得她還不到需要買文胸的時候，但她還是提前買了。她有著跟母親一樣縝密的心思。

見著大海，小王十分興奮，跳到水裡，像一條魚一樣一下便游得沒蹤沒影；很久了，才從另一個地方冒出來。他在用他自己的方式向大海表示敬意。我讓小王照看著黃玉，以免大浪將她捲走。我的精力只夠照看女兒和妞妞。妞妞只穿一條粉粉的小短褲，她十分怕水，不敢下去，一直緊緊貼在我的身上。女兒逗她，不停撩水潑她，時不時也會有大浪撲來，打濕她的身子。她這才放鬆警惕，下到水裡，跟女兒一起戲水。可一看到大浪撲來，妞妞又趕快跑回到我的懷裡。

女兒跟妞妞玩得沒勁了，便坐到泳圈裡，任由浪頭推動她，在海裡漂來漂去。為防止她被捲到深水區域，我只好不錯眼地看著她；時不時伸一下手，把她拉到身邊。等我想起黃玉和小王時，他們已經游到防鯊網那兒去了。憑黃玉的能力，她是不敢游那麼遠的；小王給她套了一個游泳圈，一直在推著她前進。遠遠看著，他們就像緊緊貼在一起似的。女兒看著他們能游這麼遠，十分羨慕，讓我也把她推過去。我便把黃玉和小王叫回來，讓他們看著妞妞。

將女兒推進推出的過程，我幾乎用盡了所有的力氣，累得都在回程的大巴上睡著了。模模糊糊地聽到黃玉跟她女兒說：

「海邊好不好玩？」

「好玩。」妞妞說。

「那我們以後經常來好不好？」

妞妞說：「好。」

回到家，我繼續倒頭便睡。可以說，這是這幾年來，我睡得最好的一覺。到了午夜，又做了一個莫名其妙的夢。在夢裡，我的身體重回了大海。海浪打開了一個通往海底的隧道並將我裹挾進去。在我的前方，一個飄浮著的如花一般的面孔在指引我，像女兒，也像妞妞。我看不見她的身體，卻能感知她的雙腿在與我緊緊纏繞。耳邊，傳來了她近乎絕望的呻吟。隨之而來的就是酣暢的夢遺，精液猶如從骨髓裡噴薄一般，讓我震顫不已，床鋪都發出「吱吱呀呀」的聲音。醒來後，我伸手去摸，發覺精斑冷冷地在胯下濕了一片。

我不喜歡女人身體裡流出來的東西，也不喜歡自己的，其腥鹹的氣息裡，有著隱祕的罪孽。我起身去沖熱水澡，一時睡不著，就走到了陽臺上。我發覺自己的身體變得格外輕盈，空間裡有些看不見的東西突兀著，我能抬腿就從上面飄浮過去。我想起了妻子的話，以為自己真的會消失，便緊緊抓住陽臺的欄杆。天空在下雨，遠處的香港大霧山影影綽綽，一如我當下的心境。我又想起了小王說過的另一句話：我們所理解的生活，比它所表現出來的樣子更為脆弱和更具欺騙性。

真的是這樣的。

我回身進屋，到沙發上去找我記錄用的本本。

暗合

老沈諦視著她，覺得自己快要洩氣了。

她仰著一張白皙的面孔，沉靜地坐在對面；吃得不多，話也不多，茶壺裡沒水了趕忙招手叫服務員。連老沈認為她應該關心的問題，也被她輕描淡寫忽略了，甚至還用一種帶有譏誚意味的眼神看他。她今天化了淡妝——出於工作需要——她應該每天都化淡妝。細而黑的眉毛經過精心修飾，沿現有的幅度，往前延伸超出眼角那麼一點；與銀灰色的眼影相互點綴，使她的眼神變得深邃有神，原本有些寬闊的面頰有了精緻的味道。

「這麼多年，」老沈說，「說過去就過去了。」

「是啊。」她說。他們的話似乎在彼此印證，來往之間，時間的脈絡清晰起來，且都是有跡可循的。

「有兩次，」老沈又說，「我差一點結婚了。」

「你以前說過了，我不感興趣。」

她有些不耐煩，瞟了他一眼，像不經意間閃一下眼睛。快要下班時，老沈去了電話，說晚上想一起坐坐。她說可以，問還有其他人沒，老沈遲疑一下說：「就我跟你，我想好好跟你談談。」她在那邊也遲疑了，沒問，但明白他的意思的，她說：

「好吧。」

餐館裡，能看到三三兩兩的市民微笑著從荔枝公園黑漆的小鐵門進進出出，也能聽到有人在裡面的樹蔭下依依呀呀地唱歌；有紅歌，有流行歌，還有人唱粵劇、豫劇什麼的，二胡的伴奏似一根總也扯不斷的絲線飄過來。午後的天氣陰沉灰暗，滿眼都是冷色的調子。沒有風，路旁芒果樹落滿塵埃的葉片灰撲撲地耷拉著，一副萎靡不振的樣子。

老沈四十五了，上個月剛過的生日。還未到下班時間，他坐不住了，想著只四五個站的距離，便一路走過來；臉紅紅的感到有些吃不消，坐下來很久了身上還冒著虛汗。他找一個遠離收銀臺的靠窗的位置坐下來，一邊喝茶、抽煙，一邊等她。他的目光始終朝著一個方向，透過落地玻璃看著外面的路面。漫長的等待過後，殷憂中，看到一個身材豐腴的中年女人，穿著雙排扣黑色風衣、黑色的絲襪和褐紅色的高筒皮靴從一個街口拐過來；帶著恍惚的神情朝這邊走著，還不停地瞟著街道兩邊鋪面的招牌。看到老沈所在的這家餐館，她停下來，專注地辨認一下，頭略微低下去，步伐也比先前沉穩和急促了。

她來了，跟任何一個從深圳街頭走過的女人一樣普通；在老沈眼裡，她卻成了自己幸福的起點，痛苦的淵源。她有一種能輕而易舉撼動自己生活根基的力量。老沈激動地走到門邊去等她，覺得不妥，又回來坐好。待看到她走進餐館大門，而她又看到他時，趕忙站起來，笑著向她揮一下手。

餐館裡人不多，煙氣和蒸氣混雜在一起；瀰漫著淡紫色的煙霧，碗碟的碰撞聲和一些雜亂的聲音混響著，不細聽時只感到耳畔一刻不停地「嗡嗡」嘯叫著。服務員跟在她的身後一起過來。他們點了菜，要了酒——按照慣例，老沈一般都是喝三十五度左右的白酒，古綿純、貴州醇、皖酒王這一類；她呢，點本地產的金威牌啤酒，也就一瓶多一點的量——然後慢慢吃起來。

老沈說事之前喜歡醞釀情緒。他在文化館工作，喜歡寫詩，前些年，商報、晚報的副刊上，還能常讀到他的作品。在這個城市，也算是個小有名氣的詩人。這或許是他多年寫作養成的習慣。剛坐下來，老沈問候似地說：

「你好像瘦了？」

「有點，這幾天睡眠不好。」她說著把靠椅往前移了一下。

「要不……我還搬過來住吧。」老沈在順著杆子爬往上爬。

「暫且這麼著的好。這麼多年都不是過來了嗎？」

老沈沒接住話，就此沉默下去。菜還沒上來，他先喝了一杯，菜上來後，又就著菜喝了兩杯。她肚子餓了，也不知道老沈讓她來有什麼要事說，見老沈不說話，她也樂得先填飽肚子。時不時，老沈也會端起杯子，用白酒和她的啤酒碰一下，兩人一乾而盡。酒是熱性之物，慢慢地老沈的舌頭才軟和過來，他好像這時候才聽到她說：「這麼多年都不是過來了嗎？」便緊跟著感歎起時間的流逝和無情，接著又說起他的婚姻問題來。餐館裡又來了幾撥客人，擺放碗碟的聲音和各種南腔北調的說話聲響成一片，他彷彿聽不到了。又說：

「不是簡單地談談，是關係較為深入的那種。」

她呷一口啤酒，不說話，嘴裡咀嚼著剛放進去的一塊帶著血絲的白切雞。這話她已經聽老沈說過不止一次，早聽膩了。她比老沈小五歲，由於善於保養，看起來像又小了五歲。心理年齡方面，他們之間的差距更大。老沈已習慣了往後看，而她還在一味地向前衝。她不知道，是不是到了老沈這個年紀的人，都喜歡回憶，都這麼固執，變得像個孩子。喜歡喋喋不休地向別人重複同一件糾結於心的事，每次都當重要得不得了地去強調；似乎說得多了，事情會被漸漸淡化，甚至是從未發生過。跟洗刷窗戶玻璃上的頑跡一樣，多洗幾遍，玻璃便會重新變得乾淨透亮了。而且他喜歡旁敲側擊，用詩歌的維度考量問題和啟發別人——不直接問，別人也能知道他的意思，而心平氣和地把他想聽的話告訴他。

她瞭解老沈，像瞭解自己一樣；煩他說話時，這種磨磨唧唧的德性，以前就煩，現在也煩。老沈頓一下，看到她的喉嚨蠕動著將雞肉吞下去，並沒有要說一個字的意思，而是去夾一塊客家釀豆腐；又很快地說，帶著一種狠狠的口吻說：

「當然，短暫結識的也有幾個。」

「哦。」她又呷一口啤酒，還是不動聲色地抬起眼皮看老沈。

「我是想……，我的意思是說，……我們……你……」老沈有些急了，變得語無倫次起來，最後說出來的卻是：

「我知道，你也不容易的！」

老沈還在努力，希望自己的話語能起到拋磚引玉的作用；她聽了之後，便會順勢說出類似的苦衷來。「苦衷」，老沈為自己能想到這麼一個能貼切表達感受的詞感到愜意。他的話像在徵詢，也是在感歎，還是一種無須辯解的表白，似乎自己所做的這些事情，都是情勢所迫，是出於無奈，身心承受著無法言說的痛苦。

「老——沈——，」她說，「我不是你老婆，你要我為你守身如玉嗎？你想要我說什麼？我說了你就信了，是這樣的嗎？」

她的態度極其冷淡，真的生氣了。早知道老沈還是老調重彈，她是說什麼也不過來陪他耗時間的。這樣一來，老沈不但是覺得洩氣，還對她感到有些失望。甚至認為自己過於荒唐和可笑，是一個活該受罪的人。他一連喝了幾口酒。她看到老沈的臉變得蒼白起來，剛才浮著一層濡濕的油光的蠟黃色不見了，眼神也散漫不羈，在幾個菜之間毫無目的地飄著，也有了幾分醉意；就把酒瓶拿過來，放在自己面前的桌面上，吁一口氣，用雙手緊握著，不斷往指頭上用勁，直到覺得手腕酸痛起來。

「不要再喝了，你要注意身體。」

老沈晃著腦袋，不說話，淚卻流了出來。這些日子裡，他的意識一直介於迷糊與清醒之間。一個人待不住，總想找人說說話，喝兩杯；可話說得越多，越覺得痛快不起來。別人的話他又感到索然無味，不想聽，剛坐下來不久又會找個理由離開，急切地逃回家裡。一個人，把門窗關閉住，亮著燈，煢煢地仰靠在沙發上；凝神體味那股無處不在的幽香在鼻息間縈繞。這淡淡的讓老沈迷戀的氣息，成了一股柔軟溫情的絲帶，纏繞在他身上，牽引著他在過去、現在和未來之間穿越。這是她的體香，一種讓人覺得甜蜜，溫暖、迷醉的味道；本早已蒸發殆盡，他所感受到的，只是自身焦慮過後的幻覺。

離婚十年了，老沈覺得自己從未如此迷戀過一個女人。剛開始那幾年，老沈也認真地談過幾個，後都因兒子的問題不得善果。往後，也就放棄這方面的努力，把接近女人完全當作一種本能的需要。正因如此，跟老沈發生過關係的女人還不少。在這方面，作為男人，老沈覺得從未虧待過自己，他的身邊從來不缺少女人。跟男人在一起，他會覺得他們都那麼自負、乏味，善耍花招，假裝自己很強大，有控制能力，其實自己卻在別人的股掌之間艱難求生。跟女人在一起就不一樣，他會覺得輕鬆自由，什麼話也不說，身心都是愉悅的。他溫和的性格、高矮適中的身條、他深沉的眼神，他的整個身心，都在散發出一種鰥居男人特有的孤獨氣息；這樣的氣息跟文化人的身份結合在一起，就會產生一種不可捉摸的令女人著迷的力量。使她們對他產生好感，吸引她們一步一步向他走近。

在此之前，不管身邊出現的是什麼樣的女人，老沈的生活都是有條不紊地行進著。也不管與她相伴的時間多久，他都能享受到輕鬆的奇遇裡夾雜而來的緊張激情。他們一起吃飯、做愛，有時還會去到公園裡划遊艇，看著船頭蕩開的波瀾癡笑。沒人看見時，還會像年輕人那樣深情地摟抱著親上一口，感覺生活充滿了挑戰及征服感。可是，在面對她的時候，一切就都不同了。

此刻，她就坐在他的面前，用憐憫的眼神看著默默流淚的他，心裡隱隱作痛起來。窗外，天色已晚，天空依然灰暗，幾塊厚重的烏雲壓得很低，初亮起的街燈都能投射到上面，在邊緣鑲出幾道淡黃色的花邊。

園子裡，依然一片歌舞昇平。

以往也是常見面的，進入四月以後，情況才有了變化。一連幾天來，天氣白晝溫暖，夜晚微涼，稍稍帶有一點寒意；柔和、清涼的空氣中，湧動著的春天氣息，鼓蕩著人的心胸。總覺得需要做些什麼，才能適應季節的又一次更替和嬗變。或許只因在此之前，他們從未給過彼此相互感受的機會，以證明生活裡，一樣有著其他的可能性。

　　晚上快十點時，開門見是王靜芝，他不由得笑了起來。上個週末，兒子說家裡裝修，想讓媽媽過來住幾天，他想都沒想就答應了，大有討兒子歡心的意思。在他的意識裡，王靜芝是不會過來住的，她有的是錢，可以住酒店，也可以到朋友家裡去住。要知道，這麼多年來，她可是從未踏進過老沈家門半步的。就他們之間的關係來說，又跑到一個屋頂下來住著，再怎麼清湯寡水，別人知道了，還不傳得全世界都知道；對彼此的生活，多少都是有些影響的。他還用一種開玩笑的口吻交代兒子：「她要願意，你就把你那把鑰匙給她。」——兒子上初三了，讀的是全封閉的私立學校，第二天一早，就要返回學校去一直住到週末再回來。他沒想到的是，王靜芝提著一個皮箱，挎著一個坤包來了。她頭髮紮成一把拖在腦後，穿一件黑色的T恤衫，情形就跟以前旅行後返家一樣。

　　他就有些恍惚了，覺得一切都不夠真實，似電視裡演的一般，能感同身受，但覺得事情是不會發生在自己身上的。王靜芝神情疲憊，一臉倦容，說：「你別堵著門。」他趕忙側開身子，讓她進來，然後輕輕地把門關上，就像怕關門的聲音太響會嚇著自己。王靜芝徑直走進了兒子的睡房，把行李箱放在房間的犄角處，出來換一雙拖鞋穿上，又進去關上門，換一件藍底白花的棉質睡裙穿上，拿上坤包進到洗漱間去卸妝，一邊問他：

「怎麼還不睡？」

「再看一會兒書。」說完他又笑了起來。

「你笑什麼，是笑話我嗎？」

「不是，我沒想到你真的會來。」

「沒處安身，求到你門上來了。」

「用不著這麼刻薄我吧？」

洗漱間傳來了一陣擤鼻子的聲音和流水的「嘩嘩」聲。

「你拿到鑰匙了嗎？」他只得提高聲調問。

「我去他們學校拿到了。」

他還想問王靜芝吃飯沒有，他是可以給她下碗麵條的，但王靜芝把洗漱間的門關上開始洗澡了，花灑的聲音似一陣風簌簌地吹出來。王靜芝是老沈的前妻，在她看來，自己是一個性格沉穩、睿智、有頭腦、有抱負的人。一個人經營著一家廣告公司，這些年，生意越做越大。她買了車，小房又換成大房，四居室的，在東湖公園附近。那時，按離婚協議，他們剛還完貸款的兩居室房子和兒子歸王靜芝，老沈孤身搬出來另找他處落腳，什麼也不帶走。可兒子不喜歡王靜芝，非要跟著老沈住在一起。一年五十二個週末，兒子去她那邊度過的連十個都沒有。一說起這事，王靜芝總是一臉的無奈和憤恨。

往常見王靜芝，多半是她來找他商量兒子的教育問題。在她看來，兒子整天關在學校大門內，過教室、食堂和宿舍三點一線的生活，跟關在籠裡被餵養的小鳥沒什麼區別。學習再好，也不過是個書呆子。一味地讀死書，不接觸社會，不瞭解生活，學得再多，跟開空頭支票一樣沒有實際意義。她想把兒子從現在這家強制住校（多半也是為了徵收住宿費和相關雜費）的私立學校轉出來，能多一點時間陪在她身邊，培養他的金錢意識和競爭意識。課餘時間，帶著他出席一些公開活動，結識各色社會人物。她認為這對塑造孩子獨立思考的能力、提高兒子的生存能力會起到很大的促進作用。說得對時，他就點頭表示同意，不對時，也不過是不愠不火地向她表明自己的觀點。他從不跟她爭論。他知道，王靜芝是這樣的性格，她只是向他表明自己的決定，而非徵求他的意見，目的是讓他配合做兒子的思想工作。正所謂有其母必有其子，他發現，兒子越是長大，性格越像盡了王靜芝；為人強硬、霸道，喜歡向別人強加自己的意識。他們都怕兒子，他怕，是覺得只要不是原則性問題，沒必要跟一個小孩子去計較，何況還會鬧得自己也不開心，不得安寧；而王靜芝，卻是一種物極必反的溺愛。強中自有強中手，兒子就是王靜芝的剋星，是她世界的中心。王靜芝做什麼都是為了兒子開心、幸福，過上好的日子；只要兒子不開心，王靜芝再能也只有服帖的份了。

王靜芝的臉上有一種著急上火的恨鐵不成鋼的狠勁，還一臉的正氣，像跟整個世界在較勁。說到生氣時，會罵孩子，還連帶他也要罵上一句兩句。在王靜芝看來，兒子身上這樣那樣的不是都是他帶出來的，現在連睡覺前刷牙的好習慣都丟了；捨不得打，捨不得罵，蔫兒吧唧的不說一句重話，哪能教育得好兒子！

正要思量接下去該如何與王靜芝相處時，王靜芝出來了，站在洗漱間的門邊，弓著身子，用一塊白色的乾毛巾使勁搓著濕漉漉頭髮，渾身散發著霸王沐浴露的清香。他趕忙在電視櫃裡找出吹風機來插上電源遞給她。書是看不成了，他就打開電視來看新聞，但吹風機的「呼呼」聲壓過了電視的聲音，聽不清主持人在說什麼。

「你最近忙些什麼？」王靜芝問。

「在編一本書。」他注意看了一眼王靜芝，她的臉上幾乎沒什麼表情，好像只是為了說話而隨便問他一句什麼。

「又發表什麼詩文了？」

「沒有，準備把以前發表過的編一個集子出版。」

王靜芝討厭詩歌，討厭文學，在她眼裡，詩歌還比不上掉在桌子底下的一粒米重要。她認識他的時候，他剛調去文化館上班，她也剛從原來的一家設計公司跳槽到廣告公司工作，是跟他離婚後才出來自己單幹的。她是去參加一個朋友的生日宴會認識他的。他就坐在她的身邊，聽說還是一個詩人，那年代，提筆桿子的文化人還能受到普遍的尊重，很有社會地位，就十分地關注他。雖然他身量偏瘦，不結實，喝幾口酒臉就白得嚇人，不似想像中的詩人那樣心高氣傲，反倒還很溫和，總是帶著微笑，見誰說話就專注地看著人家的嘴。心裡就有幾分喜歡，覺得包括他下巴頦兒上不停抖著的幾根紅毛都有了詩的味道。不但主動要了他的電話，還主動邀請他出來玩，向他示愛，並很快和他同居了。哪知他卻因詩歌而變得迂腐不堪，雖工作穩定、光鮮，但跟不上改革浪潮，生活沒有奔頭，還不懂浪漫。跟他在一起，日子會越過越似一潭死水。要不是奉子成婚，他們本是夫妻都做不成的。

她說話只是為了調節氣氛，見他又有了喜上眉梢的樣子，心裡更討厭了。她吹乾頭髮，又坐下來跟他一起看了一會兒電視，其間又跟他閒扯了幾句，口氣都像是在責備他不會過日子——把髒衣服、廢稿子、書報、煙頭扔得到處都是；電視、冰箱等家用電器上落滿的灰塵，都不知多久沒清潔過了。他心裡想，怎麼還這樣啊，一點都改不了，進門就要數落人；這也不是，那也不是，以前管管是應該的，現在嘛，就有點太那個了。但他還是樂呵呵地，用調侃的口吻對她說：

「男人嘛，這才算是過日子。」

王靜芝自知沒趣，說睏了，要去睡覺。他沒說話，只是目送著王靜芝進入到兒子的睡房，不一會她就關燈悄無聲息地睡下了。他關了電視繼續看書，跟往常一樣，直到凌晨左右才去睡覺。閉眼之前，他想到王靜芝回來住這個事情，好像有些蹊蹺（後來才整明白，這事及後來又發生的一些事情都跟兒子有很大的關係），從她的神色、氣性、裝束上看來，如兒子曾告訴他的那樣，王靜芝過得並不開心。不是工作方面，主要是生活上心氣不順，周身始終籠罩著一股緊張情緒，像隨時準備著給誰幾下出出氣一樣。跟著她一起回來的，還有一種他非常熟悉的味道，一種後來讓他產生幻覺的味道；確切點說，這是一種叫「時代的氣息」的香水味。一天早晨，王靜芝歪著腦袋往瘦瘦的脖頸上噴時，他看到那種透明的液體，裝在一個和平鴿形狀的水晶一般晶瑩剔透的小瓶子裡，散發出一種持久的淡淡的檸檬香味。這一晚，他就是在這種久違的香味中，沉沉睡去的。

其實事情比他想的還要簡單，王靜芝太忙，一般都得晚上十點後才回來；臉色沉鬱，一進門就洗澡，然後是睡覺。他晚上的節目多，回來得也晚，如正好在客廳撞上了，也不過像認識的鄰居間在樓道裡相互問候一般說說話。早上王靜芝也比他起得早，每天等他起床時，王靜芝都已經在辦公室樓下吃過早餐開始工作了。第一天、第二天、第三天都是這樣。也就第二天下午的時候，王靜芝來電話讓他回家去看一下，說她請了兩個家政服務員來打掃衛生，讓他回去盯著點；尤其是窗簾，必須洗乾淨烘乾再掛上去，順便把三百元的工錢也付了。她像跟她的下屬交代工作一樣，讓他老大不高興。

真正出現變化的，讓兩人都覺得氣氛出現異樣的是第四天晚上。按常規，兒子週五放學後就得回家來住，王靜芝這天回來得也很早，還買了菜回來親自下廚房做飯。他回來時，她繫著一個花圍裙已經在廚房忙上了。做了一個生熟地湯，一個清蒸鱸魚，一個糖醋排骨，還有一個拍黃瓜。兩個人一直等，時間過去半小時了，還不見兒子回來，打電話去問，才知道兒子晚上要參加一個考前講座——再過兩個月要中考了，學校把幾個以前學習成績優秀、考上市重點高中的師姐師兄請回來，給他們應屆生講講應試心得和考場應對經驗；他覺得很重要，要留下聽講，不回來了。他這才想起來，兒子週一早上走時已經給他說過了，但又不好意思再說出來。只聽得王靜芝著急地說：

「臭小子，今天是你爸爸生日，你忘記了？」

不知道兒子說了什麼，王靜芝掛電話時，又罵了句：「臭小子……」

過生日了，他竟然不知道今天是自己的生日。王靜芝像變戲法一樣，從冰箱裡拿出一個奶油蛋糕來，擺放在餐桌中央；象徵性地插上幾根蠟燭，再用他的火機點上，五團小火焰燃燒起來，紅光在他們的臉上不停跳躍著。他站在一旁看著，被感動了，心裡暖暖的，不知道說什麼才好。

「你傻了？過來許願吹蠟燭。」

他囁嚅著，想說什麼，但只是用寬大的手掌使勁搓了搓臉頰，鼻孔粗粗地呼著氣，走近來聽話地許願吹蠟燭。然後兩人坐下吃飯，他用白酒敬了王靜芝一杯，衷心地說：

「謝謝你！」

「有什麼好謝的？你自己又老了一歲。」

為融洽氣氛，他們開始談雙方親人的生活狀況。他們的興趣愛好完全不同，工作也沒什麼好說的，只有在這方面還有些共同話題和溝通的必要。畢竟是分開了，平時都較少再去關心對方的親人過得怎麼樣，一說起來，才知道很多人家都有了很大的變化。聊得還很開心，飯後王靜芝洗了碗又接著去洗澡，坐下來後，兩人都吃了塊蛋糕，坐在沙發上接著聊；感歎生活的不易和時間的無情，王靜芝還說了句讓他印象深刻的話：

「不回頭，還留不住，讓人老下去，還要捉弄人。」她說的是歲月。

「是啊。」他也跟著感歎。

兩人探手探腳地坐在沙發上，肩膀挨在一起了都不知道，就覺得渾身都很溫暖，心情也很舒暢，還覺得許多視聽和觸角方面的通道一下全打開了，也好像突然之間才發現原來這些通道這麼多年來，一直都是關閉著的——室內淡淡的幽香，柔和的燈光，寧靜的夜晚，親近的身體，無拘無束的思想，和對生活的簡單滿足，好像這一切曾被關在通道之外，現在又慢慢湧進來，而且來勢洶洶。王靜芝像被這種氣勢嚇到了，她一下站起來，手足無措地還想說些什麼，但嘴唇搐動著，發不出聲音來。

他身上的感受更強烈了，他也意識到，在他們緩慢的交談中，時間像被對折過了一下，把十年之前和十年之後對接在一起。住所改變了，情形是一樣的，王靜芝散披著黑髮，穿著她一向喜歡穿的藍底白花的睡裙坐在他的身邊，微微隆起的小腹自產後就沒有消滅下去，乳房也還那麼大，凸起的輪廓依然帶著讓人迷幻的氣息。變化大一點的，只有王靜芝那張臉，肉多了一些，且失去了彈性，給人一種面龐下耷的感覺；再細看，就能在眼角密布的魚尾紋裡，找到被隱藏起來的十年。但這十年卻被用來燙了一壺酒，溫暖了他們和所有的記憶。

「我很睏，得去睡了。」王靜芝緩過勁來後急忙進了兒子的睡房，關上門，先還能聽到一陣窸窸窣窣的聲音，再後來是「啪」的關閉電源的聲音。她房間的燈熄滅後，老沈走到飲水機前接了一杯涼水喝下去，佇立在原地，靜靜地諦聽；整個屋子裡安靜得只能聽到他自己的心跳聲，於是，又覺得剛才的一切真的是在電視裡看到的，現在電視關閉了，什麼都應該跟著一起消失了，可突突的心跳告訴他，那一切真的發生了。

他翻出書來，想再看上兩章，立刻又發現隨著王靜芝的到來，家裡整個的讀書環境和氛圍也隨之改變了。一段段黑壓壓的文字從眼前滾過，但釋放不出本身的意義，變得蒼白、乾癟，如一群討厭的黑螞蟻，在他的心上爬，爬出一種地火運行般的躁動。只好輕輕走到陽臺上，抽著煙，看著腳下的城市。三路公共汽車突突地來突突地走，吸進去一些人，又吐出來一些人，還在月臺上留下幾聲沉重的歎息。夜風習習，萬家燈火，光怪陸離的城市如倒扣的失落世界，給他的也是不真實的感覺。後來，他去到臥室，脫衣躺了下來，可又立即起身去檢查一下臥室門是否反鎖上了，得到確認後，他就覺得對自己放心了一些。關燈蓋上被子時，他還安慰自己說，當初畢竟是夫妻，我們只是對彼此的身體太熟悉了。

她是週日早上才洗澡的，這讓老沈有些意外。昨晚回來又比前幾天晚了一些，她告訴老沈，兒子說想一家人去爬梧桐山——海拔才近千米，但也是這個城市的最高峰了——他一早從學校直接坐車去到蓮塘那邊的山腳下等他們。說完就進到屋裡再也沒出來，不過燈倒亮了很久才關閉，夜裡他還聽到她起來喝過一次水。

老沈起來時，見她還穿著睡衣，剛洗完臉，站在鏡子前正往脖頸、頭髮、腋窩等部位噴時代的氣息。老沈蹲在地上刷牙，頭在她的屁股下面一晃一晃的，她讓老沈注意點，別把白沫弄在她的睡裙上。老沈沒說話，起身拿毛巾洗臉時，胳膊碰到了她的屁股，她回頭看了一眼老沈，沒再說什麼。老沈洗完臉後，都走到洗漱間門前了，又走回去，從後面抱住了她。她全身的肌肉一下收縮了，眼睛閉著，露出痛苦的表情。她說：

「不，不能這樣，老沈。」

老沈沒說話，不停親吻她剛噴了香水的脖頸和耳背，鼻息間潮濕的檸檬味越來越濃。他什麼都聽不見了，手也變得不安分起來，去撩她睡裙的下襬。她緊緊抓住老沈的手，又說：

「不，不要這樣。」

老沈聽不進去，彎腰用手兜著她的屁股，把她抱進了這些天來她從不涉足的他的臥室。情形有些像打架，一下是胳膊、一下是腿的，兩人多番來往，事情辦得比通常情況下累人許多。她重新穿好睡裙後，又進到洗漱間裡，關上門再洗了一個澡，後來乾脆坐在馬桶上，哭了起來；淚水從臉頰滾落到乳房上、大腿上，帶著些許的溫熱，然後又滑出一道微涼的濕痕。老沈還在臥室裡抽煙，像飯後要抽煙一樣，成了習慣，覺得是一種無與倫比的享受；後來就聽到嚶嚶的啜泣聲傳過來這才慌了神，跑到門前敲著門問她怎麼了。

她沒回答，也不收聲，坐在馬桶上繼續哭。她委屈得很，心裡說不出的苦，還有些恨自己剛才沒有竭力去反抗。還莫名其妙地想到，自己這十年過得太不容易了，一個人支撐起一個公司來，沒有後援，沒人幫助，沒人知冷知熱，這些都是這個剛剛占有了她的男人造成的。她很愛兒子，但兒子太不爭氣了（主要是不親她，不黏糊她，不理解她），不然又何至於此。剛才應該咬他的，要讓他疼，讓他付出代價，不能就這麼又把身子給他了。再說，這算什麼事啊？十年了，就是巴巴地為了這樣一個結果嗎。她想了很多，越想就覺得自己冤了去了，乾脆放聲大哭起來。老沈站在門外，更是慌得六神無主，不斷地對她說：「對不起，對不起。」

哭了一陣後，她覺得身子冷，理智也慢慢回來了，穿上睡裙開門出來。也不看老沈，進屋換了一套適於爬山用的白色運動服。老沈坐到沙發上去，還在想自己是不是犯了個大錯，怕她下面還會有什麼動作呢，哪知她走出來後，只是正色對他說：「你犯什麼傻，去還是不去的？」

他們是自己開車去的，黑色的本田車下了深南路，進入延芳路，一路向南駛去。老沈坐在副駕駛上，心裡放鬆下來，感到這種感覺有些不同，頭腦裡閃出一些女人白淨矜持的面孔來，用躲閃的眼神看他。哪怕是轉瞬即逝，他也能分辨出來，及時捕捉住那意味深長一瞥。她們生活安逸、富足，喜歡裝腔作勢，說一些幼稚的話來逗他。有時候看著冷冰冰的，骨子裡卻有著貪婪的情欲。她們的身上還長滿觸鬚，伸向生活的各種角落，想索取一些生活所不能給予她們的東西。她們都年紀不輕，在短暫的滿足後，又會變得任性、專橫、不通情理。他也一樣，臉上掛著虛偽的笑容，好像結合在一起的不是他們自己，而是彼此想像、美化出來的化身之一。事後，包括那些他帶著結婚的意願去結交的，都會對彼此的身體感到厭煩。她們的眼神、笑容，她們衣服上發出來的窸窣聲，他都感到討厭。現在不一樣了——就算是沒離婚之前，這樣的感覺也是沒有的，她讓他感到親切、親近、溫暖。

想著這些，老沈又咧開嘴笑起來。

「別裝瘋賣傻的。」

想著剛才的折騰耽擱了時間，兒子說不定等急了，她帶著惱怒恨了他一眼。本以為兒子會在山腳下等他們，到了一看，來往的人群裡，找不到兒子的身影，她打電話一問，才知道兒子根本沒過來，說要複習功課，來不了了，祝他們玩得開心。她這回是完全明白兒子的心思了，收線時，眼淚湧了出來。嘴裡又罵道：

「臭小子……」

老沈不明所以，還以為她還為剛才的事生他的氣，見她哭了，連兒子為什麼不來都不敢問。等她找地方停好車後，提著三瓶礦泉水跟在她的身後，往山上爬。一路上有人上，有人下，還有人一路高聲放歌。他們時不時要避在一邊等人通過。山勢一味地往上爬，不給人喘息的機會，條石臺階兩旁夾峙著常綠闊葉林，枝葉扶疏，勉為遮蔭。她在前，老沈在後。他遞給她一瓶礦泉水時，囑咐她：「不要急，我們不趕時間。」其實是他累得走不動了，想讓她停下小憩一下，又不好直說。他胸部劇烈起伏著，大口大口地喘氣。快爬到一半時，左邊岔出一條小道來，許多為逃二十元門票的人都從那兒下到仙湖植物園去了。老沈也想跟著走，她不願意，說：「要去你自己去，我還得再往上爬一段。」說著就自顧自地走了。老沈看著她的背影隱在臺階邊的一塊巨石後不見了。他喘息著喝了一瓶礦泉水，才起身繼續爬，到了好漢坡下面那個平臺上，才看到她用一張紙巾墊著坐在路邊的一塊石頭上休息。面色懶散、紅潤，似笑非笑的樣子。老沈知道她的情緒也舒緩過來，就走過去坐在她的身邊，問她累不累。她說：「剛才有點。」邊上有幾個青年男女在玩手機，一個男孩說沒有信號，一個女孩告訴他有也不要打，面對面站著，信號也會經香港漫遊過來，被當著長途收費的。

離峰頂的天池還有幾百米，抬眼能看到一個下部呈球狀的耀眼的鐵塔，聳立在山頂，細細的銀白色的塔尖直插在灰白的天幕上。她問老沈還要不要上去，老沈說：「不行，沒力氣了。」

「一個生日就把你過老了。」

「我只是缺少鍛鍊。」

「你上次來是什麼時候了？」

老沈想不起來。

一陣風徐徐吹過，老沈感覺清爽了許多。站起身四下看了看，大霧山在南面對峙著，蒼茫，逶迤，給了香港一個厚重的背景和底蘊，不再如影視裡表現的那樣單薄；不過是個高樓林立、燈紅酒綠、充滿江湖風雲的水泥森林。山下的林木間有一些灰白的積木一樣的房子，不知道是民居還是養殖場。深圳河像一條窄窄的閃光的飄帶，纏繞在城市邊緣。老沈是看著深圳一天天變成這個樣子的，一年又一年，山地不斷讓路給高樓和道路，從漁村到大都會，已跟影視裡的香港沒什麼區別了。每次來梧桐山往西面俯瞰時，他都有這種感覺。老沈以前跟她來過，也跟其他女人來過，單位組織也來過幾次。開始他是在學校教書，文采出眾，被調到文化館工作，慢慢寫出成績和影響來，又被調到作協去，幹了幾年。他覺得還是在文化館較為適宜自己，幾經申請，又被調回文化館，一直幹到現在。不管是學校、文化館還是作協，都曾組織來爬過梧桐山。他至少來過十次以上了，但距今最近的一次是什麼時候他忘記了。唯一不忘的是，沒有哪一次有這一次辛苦。他的雙腿酸痛、沉重，跟灌了鉛一樣，汗出得白襯衣都差不多濕透了。

這裡也有一條路可以下山，山下就是暮鼓晨鐘的弘法寺，屬深圳的極陰之地，再往下就是仙湖植物園。她選擇從這兒下山。這回是老沈走在前面，人工開鑿出來的水泥（部分是條石）山道逼仄陡峭，十分危險，稍有不慎，能直接滾進弘法寺見到如來佛主取經了。一些險要路段，他還得抓住她的手，一步一步往下移。雖然兩邊有鋼索做扶手，她還是感到害怕，時不時提醒說：「你也小心點。」他抓緊她的手。她的手濕潤、柔軟，好像沒了骨頭，也如想像中那樣溫暖。

到了山下，他就在寺院門前等她，她進到弘法寺去燒香祈福了。他是個唯物主義者，不搞個人崇拜，更不會迷信什麼地神天仙。覺得人世間，最靠得住的就是人自己了。她出來後，他建議去仙湖邊看人釣魚，順便吃點什麼果腹。她其實比他還累，哪裡也不想去，現在只想睡覺。他們是坐植物園的旅遊車下山的，在山門前的高大牌坊下一人吃了幾串燒烤羊肉，再打的去到停車的地方，直接開車回家了。跟下班回家一樣，累得骨頭都散架了，她還是要堅持洗澡後再上床睡覺。他反倒慢慢恢復過來，只覺得小腿肚子酸痛得發木，都快沒知覺了。他泡一壺普洱茶喝下去，又去到超市買了一些菜回來下廚做飯，晚上快八點時叫她起來吃。吃完之後，兩人又坐在沙發上看電視，坐不到半個小時她又累得睡著了。老沈就起身抱她進屋，她含混地說著什麼，意思是要睡兒子的房間，老沈聽從了她的意見。她很快睡死過去，熬不住的是老沈，睡到半夜光著身子跑了過去。床鋪太小，剛有幾個動作，老沈滾了下去，長腿、長胳膊在冷硬的水泥地板上發出「劈劈啪啪」的聲音；於是一發狠，把她連被子帶人抱到自己這邊來。第二天一早，她剛睡醒就「哇哇」嘔吐起來，急急地往洗手間跑，說頭暈。老沈又被嚇著了，跟了過去，她說他的床上又髒又臭，讓人受不了。

後來的事情就有些順其自然了。老沈當天換了一床新被褥。她依然每天都回來那麼晚，變化大一點的是老沈，他幾乎推掉了所有夜間活動，一下班就回家做飯等她，但她只吃過一次。她說她幾乎沒有上班、下班的區別，反正得把事情做完才能走，讓老沈不必等她，她不習慣這樣被人侍候。老沈炒上幾個菜，倒上酒，邊喝邊吃，覺得這樣的日子其實也是很安逸、很享受的。他們幾乎天天做愛，晚上做，早上也想，讓老沈都有些吃不消了。適逢回來得早了，還會到附近的園子裡走走，月亮似一塊薄薄的白冰，在枝葉裡穿行。累了就坐在弱柳扶風的池塘邊，看人釣魚，聽人唱歌，也會買些麵包、饅頭來，站在白色的水泥曲橋上餵錦鯉。看一堆金色的魚兒在水中翻滾、爭食，指著某一條十分剽悍的說：「哇，太厲害了。」

老沈還跟她去看她已經裝修好的房子，四室一廳，這次是把木地板換成大理石地板，增加一個進戶紅木屏風，牆面重新粉刷，貼上乳白色的高檔牆紙（主臥室是紅底黃色暗花），洗手間也重新做了防水，改變大的是客廳，比原來更有了空間感和層次感，配上落地長窗和一些精緻擺設，溫馨中透出高貴、典雅的氣息。

「還得透幾天風才能住。」他很有把握地說。

「是的，」她說，「甲醛味太濃對身體不好。」

開車回來的路上，說到兒子的教育問題，她變得憂心忡忡。兒子即將要中考了，她心有餘力不足，沒時間陪他，輔導他，要老沈多操點心。老沈說：「又不是你一個人的兒子，我自已知道該怎麼做。」她還說等兒子考完了，要帶他去四川的九寨溝玩，問老沈要不要一起去，老沈說：「有時間就好說，到時候看。」他們原本打算下個週末好好陪陪兒子的，但第三天她就出差去海口了，前後十多天，為一個地產公司策畫樓盤行銷廣告，發布涉及的範圍很廣，從傳統媒體到電視、網路、手機短信方方面面。回來後，她便收拾物品搬回家去住了。家裡在她出差這段日子早回到冷清狀態，老沈也是適應了的。但送她下樓時，還是有點感傷。這種感覺當時帶有偽裝的成分，她這一走，就不會還有那麼巧的理由再回來住了。前些日子彼此度過了一段相互傾心、愉悅的日子，他不能讓她覺得自己是一個無情無義的人。

看到他把自己的行李箱放進轎車後備箱後，她從駕駛室裡伸出頭來說：

「回去吧老沈，別多想。」

「我知道。」老沈說。

「我有什麼不對的地方你也別記掛。」

「知道。」

老沈都有些不耐煩了，想她趕快發動車子開走。在過生日前後那幾天裡，他的心裡起伏很大，也顯得非常激動。她帶給他一種從未有過的性愛體驗，那是一種在高潮時刻讓他覺得自己化身為水、為氣，輕飄得失去分量的感覺。這是他感到驚奇的地方，他甚至開始懷疑自己是不是曾經跟她結過婚，因為這樣的體驗他以前並未在她的身體內發現過。可是幾天過後，這種感覺卻又消失了，他看到的不過是一團白花花的有些肥胖的女人軀體，像十年前，甚至比十年前還要平庸、俗氣地橫陳在自己胯下。包括她為人的氣性、做事的風格也一點點地復原到十年前，這都是他所不喜歡的。他認識她的時候，年紀已經很大了，婚姻已成了一個迫切需要解決的人生大事。他以前也是談過幾個的，都不成功，現在見有人投懷送抱了，對自己好，模樣也還過得去，跟生活圈子裡的人也很搭調，便算是同意了。這還有另一個簡單的緣由，覺得在城市生活，不要成為彼此的負擔就可以了。在她，這或許意味著一種人生的歸宿，而對他來說，只是對生活的又一次嘗試和挑戰；算不上愛情，不是情欲，似乎只是生活的需要。他覺得她不過是個胸襟狹隘、勢利、缺少風雅，又喜歡出風頭的庸常女人。他喜歡過的是淡薄而又儒雅的生活，她喜歡的卻是張揚的用物欲滿足奢望的生活。巨大的性格差異將生活導向了不同的方向，也像一個無法抹平的鴻溝，最終導致了他們婚姻的失敗。

此刻，他還未感知到性質的變化，以為這只不過是男人原始的占有欲在作祟。當她喃喃地叫「老沈……」的時候，他都有一種把持不住的想打人的衝動了。再說，十年裡，這樣下樓把一個跟自己睡過幾天的女人送走，在他，早已習以為常。

穀雨以後，晴好的日子依然不多，卻也一天比一天悶熱，總在近中午的時候，眼看著鉛灰的天空清亮起來，雲也越來越薄，越來越高遠，透過來一些散漫的浮光，差不多剛聚集成真正的陽光，又漸漸地收斂了；但氣溫未減，天地如一個巨大的封上蓋板的爐子，輻射出巨大的熱量。街上穿單衣的人越來越多，大家都已從心理上做好了迎接又一個炎夏的準備。

老沈的生活又回復到原來的狀態中。像他這樣的老同志，上班主要是看報、看書，偶爾也參加會議、寫些公文什麼的；館裡有什麼活動時，跟著忙上一陣子，總體來說，十分散淡和清閒。靈感來時也創作詩文，但早沒了發表的興趣，都是自己看，覺得上乘一點的，也會給圈內關係要好的個別人看。王靜芝偶爾會打電話來詢問兒子的備考情況，話語自是比以前柔和了許多，但老沈都不會把電話那頭的她跟前些日子還住在家裡跟自己睡覺的那個女人聯繫在一起。覺得不習慣，再過個把月，這些事情說不定就會被炙熱的陽光給蒸發掉，只會偶爾如其他人那樣來到自己的夢中，露出動人的笑容罷了。

他喜歡去二手書店淘書，去大劇院聽免費的戲曲講座，有文友自遠方來，就陪他們去大梅沙的海邊走走。這樣的日子也很充實。記憶中如此，在家裡，王靜芝留下的痕跡也在一點一點消失，洗漱間的桶裡，放滿了他和兒子的髒衣服，從客廳到臥室，到處都是廢棄的報紙、稿子和兒子的書本。傢俱、家用電器上已落滿灰塵，連王靜芝特別交代要洗淨烘乾掛上去的窗簾，邊角處都沾染上一些黑紅色的污垢，髒得不成樣子。這讓老沈有了比較，就清掃、清潔方面來說，有女人與沒女人，家居生活還真是有很大差距的。

只有王靜芝留下的時代的氣息，是讓老沈怎麼也想不通的。剛開始時，以為再過幾天便會揮發散盡，沒放在心上。半個月快過去了，一天晚上看書翻動書頁的瞬間，似乎又聞到了那股氣息，淡淡的在鼻息間縈繞，他這才恍然明白過來，這氣息一點都沒變，還是那麼清新、淡雅，有著不可思議的持久性，每天一開門，就甜絲絲地包圍著他。心裡隨之咯噔一下，王靜芝穿著藍底白花的睡裙站在洗漱間裡噴灑的樣子一下跳了出來。他在客廳和陽臺間來回走著，隨之而來的就是王靜芝在廚房忙活的樣子、過生日的第二天發生的事情、梧桐山上的溫暖牽手、一起餵食錦鯉等等。

老沈就覺得有些要壞事了。王靜芝雖是他的前妻，但他因對她的印象不好，以往想起來，都是一種淡淡的恨和那麼一點點莫名的感傷，甚至還不如其他短暫相識的女人，雖然這一個的樣子很快就會被另一個的所覆蓋，但他畢竟會想起她們，想起她們的好，尤其是那些枕上的蜜語——注重細節，添油加醋，還要輔以輕柔的撫摸和親吻，讓人一下興奮起來，每次都十分有用。王靜芝只會讓他洩氣，她是方方面面，是雜亂得沒有頭緒的實質問題，是一個無法用其他物質去填充的黑洞，她讓他覺得生活沒有盼頭。

以往上班下午三點左右，老沈十分關注手機的動靜。幾個貪杯的朋友，知道老沈也好這一口，每到這個時候，不是這個就是那個，總有一個相當美好的理由，把他叫出去喝上幾杯。可現在不了，老沈在電話裡會下意識地告訴他們，自己最近身體不適，一個認識不久的在一家酒店做大堂經理的女人還抱怨，說老沈不理她了，厭煩她了，怎麼老是不去找她。老沈也告訴她自己身體不適，那女人就說：「你又不是女人，什麼適不適的，每個月都要來那個嗎？」老沈說她少見多怪，男人的身體也有週期性不適，只是你不知道。說到這個的時候，老沈確信，有些事情已經壞了不可逆轉了。有事做著倒好，不然一停息下來，他的腦袋裡裝著的全是王靜芝，活生生地站在面前，比原本的還要美麗、溫柔、年輕。她還會從書頁裡，從電視裡，從陽臺外的夜幕中跳出來，對他莞爾一笑。

或許兒子還在老沈之前首先感受到了這個變化，週末回來他們爺倆吃飯時，兒子發現老沈開口閉口說的都是王靜芝，先是說王靜芝很忙、很辛苦，要兒子多理解、體諒她，週末多去陪陪她，不要老惹她生氣。兒子委屈地說：「這我知道，但我不想去她那兒，她有潔癖，這也嫌髒，那也嫌髒，去了受不了。」後又說王靜芝沒時間輔導他，要兒子好好爭氣，爭取考出好成績。還說中考後媽媽要帶他去九寨溝玩。兒子高興了，說：「還是我媽好，知道我最喜歡什麼了。」

「合計我就不好了？」老沈說，「聽你這口氣。」

「我沒這麼說，那你也得知恩圖報才是啊。」兒子笑嘻嘻地帶著揶揄的口氣說。

「什麼意思，你這是？」

「爸，你還詩人呢，連這都不懂。」

老沈更糊塗了。

「要不是我，媽哪能回來住呢。你說你是不是該謝我才對？」

老沈的臉紅了，明白了王靜芝為什麼老在電話裡罵他「臭小子」，也明白兒子真是長大了，也理解了父母至今獨身的苦衷，變得會為他們的未來操心了。哪怕是在兩年以前，他要有這樣一半的心智，事情也就不會是現在這個樣子了。那時，兒子剛上初中，開學沒幾天，偷偷背著他，讓王靜芝給他聯繫了一家也就是他現在就讀這家私立學校轉了過去。不出一個星期，他原來學校一個姓鄭的語文老師哭著來找老沈。她一臉的驚恐和憤怒，說要和老沈斷絕來往，老沈再也不要去找她了，還要管好自己的兒子，不然會害死她的。老沈這才明白過來怎麼回事。鄭老師所在的學校也是老沈以前教書的學校。老沈念舊，隔三差五會回去看看，找幾個關係過得去的聊天。鄭老師是其中之一，她比老沈小一歲，幾年前也跟丈夫離了婚，帶著一個女兒生活。兩個都深知離異之苦，不知不覺熱絡起來，鄭老師偶爾還會來老沈這裡坐坐，手裡總忘不了給孩子帶點吃的或玩的東西，兩人黏糊在一起，趁孩子不注意的時候，手會在對方的身體上沾筋帶肉地來一下兩下。這些兒子全看到了。他一轉校就寫信去罵鄭老師，說她下流無恥，勾引他爸爸，還把自己看到的事情告訴同學們，傳得學校裡沸沸揚揚。在孩子的思想裡，他父母應該而且也必須成為世界上最奇特的一對夫妻，他們可以不住在一起，不愛對方，但也絕不能愛除自己之外的任何人，他們的感情只能給予他一個人。為了破壞老沈跟一些女人的關係，他真是尋死覓活用盡奇招。再往前推兩年，大概是小學五年級的時候，老沈經人介紹認識了一個在國土部門工作的剛離異不久的女人。長得嬌小秀氣，戴一副金邊眼鏡，看上去文文靜靜的。老沈讓她來吃飯，也算是跟孩子認識一下，以後好相處。兒子在飯桌上對那女的說：「阿姨，你長得真漂亮。」那女的剛覺得美呢，他又說：「但還是沒我媽媽好看，你看你的臉，沒我媽媽的白，我怎麼覺得左邊比右邊大一些呢，是不是畸形臉？還有你鼻子，矮趴趴的，一點都不挺，像一個小燒餅。」那女的當場淚流滿面，飯都吃不完就走了。

由此，老沈又想明白了一個事情，自己都如此，這樣的事情，王靜芝定也是沒少經歷的了。心裡真是感慨萬千，他本想伸出手去，愛撫一下兒子的頭，但兒子躲開了，不願意讓他摸。他學王靜芝那樣，罵了他一句：「臭小子！」

「你怎麼跟我媽一個德性。」兒子說。

老沈通宵沒睡。躺在床上想王靜芝，王靜芝再次成為他生活的重心，這讓他開始對自己十年來所過的日子有所反思，感覺到一種難以言說的缺失。多麼的平庸、平淡和無趣的日子。吃喝，酗酒，泡女人，人前人後反反覆覆講同樣的話語，還以為那就是時代的潮流，是一種獨特的生活觀念，是一種值得推廣的處世之道；呆板的工作占去了絕大部分時間和精力，說不上創造了什麼，好像只是為了解決吃飯的問題；那些所謂的詩文，早沒人記得了，那裡面隱藏著的美好的嚮往，依然那麼遙遠、那麼無聊和自以為是。到了後半夜，他依然睜大眼睛，在床上輾轉反側；索性爬起來，鼓起勇氣給王靜芝發了一個短信：

「睡了嗎？我又夢到你了。」

他先寫的是「我夢到你了」，後又插入一個「又」字，他以為王靜芝早已入睡，要第二天才能看到短信，不承想一分鐘後，她的訊息就回覆過來：

「沒呢，我也是。」

「怎麼辦呢？」

那邊沒了聲息，沒了回應。王靜芝的處境和心情，從短信裡就能看得明明白白。老沈更睡不著了，他幾乎是看著天幕一點點變薄，變白的；天未大亮，風把一些青光從窗戶裡送進來他就起床了。沒告訴王靜芝，下午沒上班就直接去公司找她了。對於老沈的出現，王靜芝有些意外，不是沒想到他會來，而是沒想到他會直接到公司裡來。王靜芝抿著嘴笑了笑，說她要開會，讓老沈先在她的辦公室裡坐著喝茶等她。

她今天穿著黑色的短裙和一件煙灰色的無領蝴蝶飄領衫，光潔的脖頸上圍著一條斑馬紋的真絲長巾，幹練、知性中，整個人又透著一種溫婉賢淑的氣質。與前些日子相比，似乎換了一個人，與過去幾年相比，她早已脫胎換骨成另一個人了。或許是頭髮高高盤起的緣故，老沈還覺得，她的顴骨和額頭都高了許多，由於光線的差異，看起來左半邊明亮右半邊陰沉，富有立體感。她辦公室地上鋪著毛茸茸的鑲著牡丹圖案的地毯，辦公桌後面，是一個鑲嵌在牆裡的紅褐色壁櫃，下面一層擺滿各種資料夾，逐一往上看，是一些做工精細的工藝品，更多的卻是鑲上各式邊框的照片，全是她跟一個十餘歲少年的照片，背景有武當山、八達嶺、杭州的西湖等。二人簇擁在一起，露出了天真的笑容和濃濃的親情。這是王靜芝各個假期裡帶兒子出去玩時拍的，看著這些照片，老沈情不自禁地用手輕撫在心口上，彷彿胸腔變得越來越薄了，心臟緊貼在皮膚上跳動。他突然覺得這裡面缺少了一樣什麼東西，這讓他變得非常不自在。

直直望出去，玻璃幕牆外，天漸漸陰沉下來，遙遠的天際，暮靄的浮光暈染出一片灰濛厚重的痕跡，不知是雲還是山。她以前說過，從她的辦公室能看到梧桐山的一角，像一個烏龜爬在那兒，頭高高地仰著，應該就是現在看到的那個暗影了。會後，他和王靜芝一起找地方吃飯後直接回她的住處。一進門，老沈緊緊地抱著王靜芝，用力搓揉她的背部，還咬了她的肩膀一口。

「你弄疼我了。」王靜芝說。

他們躺在床上說話，對兒子的詭計了然於心。老沈給她講兒子要他感謝他的事情，王靜芝就說：「你這個兒子不得了，也太人小鬼大了。」雖是責備，心裡卻很驕傲。老沈就告訴他，現在的孩子都這樣，聽說他們的同學中，誰的父母去世了，其他人反倒還很羨慕，說人家終於發達了，那意思是說再也沒人管，還繼承了遺產，有錢花了。

「也太恐怖了吧！」王靜芝吃驚地說。

往後的週末，老沈和兒子來王靜芝這邊陪她，週一了，他們分頭行動，兒子回學校，老沈去上班，王靜芝自是忙得焦頭爛額，時常跑得不見人影。老沈差不多把自己的生活用品都搬過來了，只有在王靜芝長時間外出的時候，他才和兒子跑回來住。這邊房子雖小，裝修粗糙，擺設簡陋，但能讓人放鬆，可以為所欲為。一天晚上，老沈終於沒忍住，跟王靜芝吐露了復婚的意願。王靜芝用一隻胳膊支撐住身子，下滑的黑髮撩著老沈的胸膛，她意味深長地看著老沈，問道：

「你說的是真心話？」

「是的。」

「想清楚了？」

「這些天我都在考慮，不過現在才跟你說。」

「可我覺得時間還不成熟。」

「不成熟……」老沈不明白。

「我們本就是夫妻，卻分開了，現在又說復婚，更應該慎重；不然再分開了，我們禁不起折騰，還會對兒子造成更大的傷害。」

「我也這麼想，可怎麼才算成熟呢？」

「老沈，」王靜芝吻了一下他的胸膛，「就這麼先走著看吧。我們分開十年了，這十年裡我們的變化都很大，也發生了很多事情；或許是我們還未意識到，或許是我們還沒想好怎麼去面對。我們需要時間去打磨和彼此消化。」

「……」

十年前，婚姻因兒子的到來又勉強撐了幾年，在彼此都感到疲憊時，他們似乎同時發現了，離了彼此，生活其實還會有更好的可能，便很快辦理了離婚手續。唯一忽略的是兒子和雙方家人的感受，他們的離婚從一開始就伴隨著復婚的壓力，親戚朋友勸，婆婆來找兒媳，岳母來找女婿，鼓動著他們的兒子一起參與，每次都興師動眾，場面弄得隆重而又感人；但他們都頂住了，直到把別人的信心一點點耗盡。

現在是他先提出來的，但也僅一次而已，後來三緘其口，從不敢再提。這還是又過了一段時間後的事情。老沈應邀去廣州參加一次作品研討會。跟他住同一間酒店的是一個從天津過來的詩人，年紀跟他差不多大，就是比他健壯。幾天後，他瞭解到那人跟他的人生際遇差不多，也是跟老婆離婚多年了，至今獨自過活。晚上睡不著，他們叫了外賣和酒，邊吃邊聊，那人說老婆經常會因為這樣那樣的事情回家來住幾天，他就問人家是不是又睡到一起去了。那人酒已上臉，聽他這麼一說，自己好像做了什麼丟人的事情一般，站起身來對他一抱拳，說：「見笑了，老弟，哥沒志氣，又爬上去了。」

「那怎麼不復婚呢？」

「那哪成？」那人這回的反應像是受到奇恥大辱一般，激動地拍了一下桌子，「我是一個傳統的男人，絕對不能接受這樣的事情。」

「接受什麼？」

「離了這麼多年，我都不知找了多少女人，她就忍得住嗎？——兄弟，再說，這其中都不知發生了多少事情，我怎麼能知道呢，這是個盲區啊！」見他一愣一愣的，那人又說：「不是我的老婆之前，就是當過妓女，我都可以不在乎，因為那之前，跟我沒有任何的關係，但做了我的老婆了，就得做到絕無瑕疵。」

「離了婚了，人家也就不用對你負責了。」

「所以才是盲區，我無法看清也不可能去看清了。一個人睡在你身邊，但她有那麼多年的時間對你來說是一片空白，就連她自己都對你說不清楚，這是一件十分恐怖的事情。」

「你在怕什麼？」

「那是一個黑洞，它會一點點把我吞噬掉。我知道這很可恥，但我會因為她又成了我的妻子而在乎起來；像我這種內心強大的人，是會想辦法去追問、去查詢、去求證的，而這樣做，一樣會把她一起毀滅。」

他感覺這些話就像是在自問自答一般。「盲區」，這兩個字是如此地準確、冷酷，似一把冷劍，一下刺在他的心口。他胃裡一陣抽搐，趴在垃圾桶邊嘔了起來。那人以為他喝醉了，拍著他的背說：「沒事，躺下休息一下就好了。」

提出復婚時，老沈就想到了這一點，所以他能理解她所謂的「需要時間打磨和彼此消化」是什麼意思，但那時他以為自己過一段時間就會不在乎了，沒想這樣的顧慮是不會輕而易舉消除的；反倒如地火一般在運行，隨時都有噴發的可能。他再次變得夜不能眠，痛苦萬分，像契訶夫在小說裡所描述的那樣：一個人能感覺到自己的手，自己的腳，自己的身軀，可是不知道拿它們怎麼辦，把它們往哪兒放才好。

可是他還是心存那麼一點僥倖，回來時，用旁敲側擊的方式對她說出了自己的顧慮。她一聽就火了，粗魯地推搡著他，臉也變青了，說他心胸褊狹，不識好歹，這麼多年一點長進都沒有。她的搶白讓他無地自容。是的，她說得沒錯，他立刻意識到了，目前來說，距離對於他們的重要性。第二天一早，他就把自己的物品收在一個包裡，準備帶回去。她正在洗漱間裡洗臉，用餘光掃了他一眼就哭了。他一走進去，就被她緊緊地抱住。

「別哭了。」他說。

他扶著她的肩膀，想寬慰她幾句，自己也激動得流下淚來。他從鏡子裡看到，自己真的變老了，兩鬢有了許多花白的頭髮，臉也比以前消瘦了，眉宇間散亂著一股子盛年不再的氣韻。而她的身體卻還那麼鮮活，那麼溫暖，像一朵盛開在陽光下的花兒。為什麼會這樣呢？他不明白自己怎麼就這樣老了，拿不出什麼來證明，自己竟然已活了這麼大的年紀，生命的凋謝像是在一瞬間裡發生的事情。他的心裡充滿了無法把握住一點什麼的荒涼感，回頭看到的，除了自己的蒼老什麼都沒有，同時也明白，自己好在已學會了愛，學會了控制自己和珍惜所有。

後來的日子裡，他的生活又慢慢恢復平靜，遠離原來的狀態，但堅持原來的心境過日子。有空了，偶爾會去看望她，跟她一起吃飯，在周邊的景區裡走走。兒子考得很好，順利進入理想的重點中學上高中。她帶上兒子真去了九寨溝，他因為有事纏身，沒跟著去，但他們回來後給他看照片，他也很開心。出差的時候，她一個人在外面睡不著，也會給他發訊息，像他那樣說：

「睡不著，又夢到你了。」

他就回覆說：「我也是。」

房間裡，時代的氣息再也消散不去。看一會兒書，他便會凝神嗅嗅，感受到的不再是幻覺。累了，他踱到陽臺上去，看暮色漸濃，夜色猶如懸浮在空氣中的微粒，從陰暗的角落開始，一點一點填充著整個世界。深圳慢慢變成一個無邊的陰影，終至隱沒在自身的軀殼裡。好在華燈初起，整個城市又會以另一面示人，讓你感受另一種天地之氣。

這一切都暗合著他的心境。

讓身體說話

莫醫生

出了家門，我甩著膀子，跑過一條又一條巷子，沒有目的地亂跑。昏黃的街燈渲染了市井的喧囂，卻掩蓋不住，女兒繼續在我耳邊縈繞的冰冷的話語，讓我越跑越覺得內心躁動和煩悶。夜幕襯托下，街道兩側那些高聳的房屋，似萬頃波濤，沉沉向我翻捲過來，瞬間便會把我吞沒。好在身後尾隨著的另一個聲音，像一根線始終拖曳著我，不至於在雜亂的人流中消失。聲音是從吳虎的嘴裡發出來的，敞亮，蒼涼，似乎已明白，自己的深圳之行，尤其被關到派出所的拘留室裡，所遭受的非難和恥辱，不過是生活的延續中，必須去面對的一種嘲弄，一場遊戲。這聲音無處擴撒，變成一根四四方方的木塊，在蜿蜒的街道，時不時拍打我一下：

「莫叔，等一下。」

「莫叔，小心摔倒。」

「莫叔，你要去哪裡？」

我確實不知道自己要去哪裡，是最後跑進一條街燈損壞的胡同，感覺四周突然靜謐下來，若置身幽深的洞穴，才明白自己只是想找一個地方好好喝一頓酒。而一路跑來，本到處都有餐館讓我坐下來的，這些餐館部分還是我和老陳常去光顧的，我這才轉而想清楚，我更想找的是一個像死去的老陳一樣的、知心達意的人，坐下來喝酒的同時，陪我說說心中的憤恨與不平。為給吳虎壓驚而喝下去那幾杯酒，藥引一樣發生功效，在我體內奔騰呼嘯，挑起我的神經和血液，對更多酒精的直接而強烈的渴望。

我知道自己的身體是不宜喝酒的，說不定會隨時要了自己的命，可嘗試戒酒幾次，還是離不開酒精。只有在喝酒時，我才是一個快樂的人，覺得身體是溫暖的，心也變得柔和起來，能夠接受和包容這個南方城市；願把身體的各種觸角伸展開，接受來自這個城市的訊息。人也會變得不那麼嚴肅，臉頰紅撲撲的，單薄、孱弱的身子在椅子上搖晃著，眉飛色舞地——有時還要輔以誇張的手勢——講述內心的隱憂。如果我對面坐的也是一個善感的人，除陪我喝酒，還會陪上幾滴眼淚。我個人呢，似乎忘記自己是個醫生了，不再疼惜身體，喉管還被什麼東西卡住，須多喝幾杯，才能將發熱發緊的嗓子眼沖刷暢快；手也顫巍巍地伸過碗碟，抓住對方的手固執地緊握一下，嘴裡同時發出一聲長長的歎息：

「唉……」

在深圳，最能明白其中深意的人是老陳，老陳是我在深圳唯一的朋友。我一月要醉四五次（差不多一週一次），基本都是跟他一起喝的。我在深圳的活動範圍，僅限於藥房附近的黃貝嶺上村、中村和下村，偶爾會到黃貝派出所下面的沃爾瑪超市買點茶葉；去過兩次東門步行街，給女兒買過冬的衣服。深圳的景點，除常去釣魚消遣的東湖公園，我唯一去過的只有大梅沙。這還是兩年前，剛從家裡的縣醫院退休不久，聽說女兒在深圳出了事情，便匆匆忙忙趕了過來；我沒意識到，自己會就此在深圳陷入生活的泥淖，而是等她一辦完離職手續，便可以帶著她一起回家了，於是第二天一個人抽空坐車去的。在我看來，一個出生在雲貴高原上的老人，坐著火車穿越那麼多省份和城市來到深圳，唯一可看的就是大海了。本以為自己會激動，心會跟著海水一起洶湧澎湃。可脫了鞋子站在海裡，讓海水的前緣滾著浪花翻過腳踝時，心裡卻異常平靜，覺得大海跟家鄉縣郊的草海沒什麼區別，只不過水更多一些，更廣闊一些，無風也能起三尺浪，充滿喧囂和騷動。我還產生一個跟站在草海邊一樣的想法：晚上燃起燈火時，在水那邊的人，應該也能看到這邊吧；並由此而對深圳形成一個固定的看法，覺得深圳也不過如此，跟想像的差不多，沒什麼意思。

兩年來，我一直過著一成不變的生活，對深圳每天發生的事情不聞不問。早上起來喝一碗白粥，開始到藥房去坐堂。病人來了，袖子綰起來，手腕擱在桌上那張疊得像半塊磚頭的純棉毛巾上，讓我把脈，開方子，抓藥。我會眼神飄飄地看一眼，才挺起窩在靠椅上的身子，扶正老花鏡，給他們把脈。此時的我，皮肉鬆弛又蒼白的手指，會變得敏感、柔情起來；通過細膩的觸摸，用自己一生的才學，探知病人脈搏跳動的各種訊息。詢問病人時，我會直視著對方的眼睛，眼神變得澄澈、和善卻又堅定不移，給病人一種心理暗示，讓他知道，他身體的問題不只來自身體本身，還是一種信心缺失的表現，不是光吃藥就能好的，更得力於自己內心強大的力量。

藥房的店員很少跟我交流，在他們看來，我是一個不苟言笑卻醫道高明的老中醫，許多病人專程從香港趕來找我抓藥，為藥房帶來豐厚的利潤。病人走後，我便用手掌支著臉頰，歪著腦袋，透過落地玻璃窗，看外面的街景。人來人往的，都那麼焦慮、匆忙。我一個都不認識，也沒人認識我，更沒人願意停留下來跟我說話，哪怕是多看我一眼。我倒是認識幾個街道兩側，開各種店鋪的老闆和店員，不過這些人卻會在突然之間消失，三兩月不去光顧，說不定就會換了門庭，面目全非。縱是周邊那些貼了黃色外牆磚的握手樓，一棟一棟的，等我一覺醒來，便已灰飛煙滅，跟未存在過一樣。當然，新的高樓的興起也是這樣，是朝夕之間的事情。只有九十七路公共汽車，總是在那個時間開過來，打斷我的視線，提醒我又到吃午飯的時候了。而下午是在重複上午，今天是在重複昨天，至於明天，也不會換一個新的樣子。可世界的變化卻又那麼迅疾和突兀，且完全是排他性的，讓我覺得世界之浩蕩和城市之廣闊，不是因為人本身的渺小，而是它跟自己完全沒有關係。這時候，我又會感到莫名其妙地失落和孤獨，一種被拋棄和難以把握什麼的蒼涼感襲上心頭。覺得自己就像家裡縣郊小黑山上一塊堅硬的石頭，跌落在異鄉的一隅，不會生根發芽，也難以接受異域的陽光和雨露。

我不喜歡深圳，不是深圳有什麼不好，是我自己喜歡不起來。調休的時候，這種陌生感會輕微一些。我用一個黑色的購物袋提著各種釣魚用具，走路到東湖公園去釣魚。進入公園西門，面對的是一片開闊的青草地，見有情侶在散布其間的大王椰樹下拍婚紗照，便會忍不住多看幾眼，一種什麼東西早已遠去，且怎麼也追不回來的沮喪感充盈在心間。於是立即拔腿走人，過晃晃悠悠的鐵索橋，再穿過濃蔭如蓋的榕樹林，徑直來到姜太公釣魚池邊，找一個位子坐下來，釣一天的魚。我也是一次在東湖公園信馬由韁亂走時，發現那個釣魚池的。剛開始是看人家釣，問了一下，單釣，三十元一天；租竿加釣魚，五十元一天。想著整個釣具配置下來，也不過百十塊錢，便自己買一套放在家裡。池裡有羅非、泰鯪、鯽魚、鯉魚、鯧魚、鯇魚等，我釣到的都會放回到池裡，帶走魚不划算，比在市場上買還貴；池裡的水也不乾淨，一天花三十塊錢，就為換得暫時的歡愉。在老家，哪怕是還未退休之前，我也常到環城流過的東門河去釣魚。砍一根竹竿當魚竿，浮標是用泡沫做的，魚餌用的是隨處可見的蚯蚓。不似深圳這麼講究，水的深淺、流速，當日的風速、氣溫及池裡魚的品種，任何一個因素都會影響調標和配料。這是一門深奧得令我癡迷的學問，尤其是起竿瞬間的沉實感，能讓我忘卻些許的煩惱，不想家，也不想別的。

莫玉媛

父親應該先跟我商量一下的，不過吳虎一到深圳，我一看到他的眼神，便知道父親是什麼意思了。他以為我是無路可退的人了，讓吳虎給我一個臺階下，我就能給自己一個理由，理著一個頭緒，一路往回走了。他以為一男一女天天廝守在一起，就是愛了，就能走到一起去，過一輩子了。只要一有空，他便把吳虎叫來，自己卻躲出去，讓我們兩人在出租屋裡獨處；還自作主張地給我請假，讓吳虎帶我去逛公園，看電影。似乎這也是他開的一個方子，我們按他的要求吃下去，身體的問題就解決了。他想得很好，不過我已經做不到了。別說是吳虎，現在陳浩真出現在我面前，我都不知道自己是否還能愛他了；或者說，我現在都不知道怎麼去愛一個人，愛一個男人了。

我能想像父親的憤怒。他為我放棄堅持了一輩子的生活和所有，陪著我在深圳一天一天陷入絕境；但我沒料到他會打我，下手還那麼重。這又有什麼意思呢？只會讓我對他更加失望。臉上挨了狠狠一巴掌，我並不覺得疼，就是腦袋被震盪得有些暈眩。我推開吃到一半的麵條，手肘撐在飯桌上，雙手捂住臉頰，感到一邊有些冰涼，另一邊卻十分滾燙。我回想了一下，自己這都是怎麼了，而事情是那麼簡單，是用不著去費心勞神的。於是我閉上眼睛，把手捂得更緊些，似乎想安撫一下那些被震動後，在腦袋裡怎麼也停不下來的東西，直到那股暈眩的勁頭過去，才睜開眼四處看看。門是關著的，這麼多年來，第一次出手打我的父親不見了，邊上傻乎乎地見證了這一幕的那個男人也不見了。我覺得肚裡還是空牢牢的，又繼續坐在原來的位置上吃著麵條，不一會兒，感覺嘴裡的鹹味不是來自麵條上的碘鹽，而是嘴角邊滲進去的某種液體，這才知道自己又哭了；淚水洶湧而出，似已在身體的深處醞釀了許久。我停止進食，乾坐著任由淚水流淌，直到感覺眼前的飯菜索然無味，才起身活動一下。

收拾碗筷時，我注意到，桌子上還留有父親喝剩的半杯酒；往桌子底下看，靠著一條桌腿的瓶子裡，也剩有半瓶白酒。我小心翼翼把杯子裡的酒倒進酒瓶，提到臥室放起來，再出來慢騰騰地繼續收拾碗筷。儘管頭頂有吊扇吹著，仍感到渾身燥熱，汗水從全身的毛孔滲出來，在皮膚上洇成一個黏稠的殼包裹著我。哪怕是清洗時，我也能做到輕拿輕放，儘量不讓碗碟碰在一起發生聲響，似乎害怕聲響會攪動空氣，變得更加悶熱不堪，而這又會加速我血液的流動，破壞身體裡的某種平衡。

洗好碗碟，我接著掃地、拖地，隨即關閉了陽臺、走廊和客廳裡的燈光，進到臥室收拾衣服開始沖涼。沖涼於我，是每天必行的一個儀式，每一寸肌膚都要用沐浴露塗抹搓洗乾淨，然後用乾毛巾揩乾，站到鏡子前面，開始仔細檢查自己的身體，重點部位包括五官、面頰、肚子、乳房和腰圍；從皮膚的顏色、彈性到脂肪的厚薄，我都要做到了然於心；我明白紅顏易老，所以才想好好記住這個過程。接下來才是最重要的環節，我要重新打開水龍頭，讓溫暖的水流再次沖洗一次自己的身體。我會長時間保持不動，聽任水流傾瀉在頭頂，再分流到身體的每一個部位。思想從外往回收，排除一切干擾，不管多長時間，一直要等到心裡有一種清新的復蘇的感覺升騰起來，並隨著氣流呼出體外，跟身體一起都得徹底的洗滌，這才再次擦淨，穿上早已準備好的睡衣，即刻回到臥室躺下來。

這天卻有些異樣了，我穿著一條黑色的真絲睡裙出來後，被一股莫名的力量推著，先進的是廚房，尋找到父親喝酒用的那個酒杯，再回到臥室裡，即刻，把臥室裡的燈也關了。整個房間暗了下來，有好一會兒，連我都能感覺到，自己的整個人都跟著燈光一起消失了，只有那張紅潤的臉，在窗前投進來的紅光裡浮現那麼一下，兩下。直到靠著床尾，在窗前的一張藍色的塑膠躺椅裡仰躺下來，我才像重新發現自己一樣，露出會心的一笑。這微笑於我，還意味著一切都安置妥當，並排除在外，自己已獨立於這個世界的某一個只能屬於自己的空間裡，繼續維持著身體的某種平衡。

而今夜，經過一番鬧騰後，我甚至是想在這種平衡裡，體驗另一種只屬於自己的，能把自己重新找回的感覺了。我欠身在後背墊了一個枕頭，扭動幾下身子，讓身體躺得更為舒展一些。再拿過那半瓶白酒，倒出些許在透明的玻璃酒杯裡，對著窗戶投進的黃光晃了晃，用嘴唇抿一下，白酒的辣味即刻在唇間迴旋。我又深吸一口氣，將辣味吸進身體，讓它們在胸腔內消散，等身體與酒精的氣息融合後，便開始倒出一滿杯，慢慢地喝進去，接著又喝了一杯，讓那種火一樣的辣味，始終充盈、撩撥、翻滾在身體內，然後跟小腹間湧動的一股氣流融匯在一起，用一種如窗口透進的燈光一樣，不失溫情，卻又曖昧、恍惚的方式在全身遊走。我看著自己起伏的身體在躺椅上扭動和喘息，汗水從脖子上滲出來，流進了乳溝，滑過了肚臍，好像都奔著一個方向，匯集到下體去了。

褪去睡裙時，我感到自己的身體，像蛇一樣柔軟，絲綢一樣光滑而富有質地；我還能感受到自己凸起的乳頭是滾燙的，而乳房本身卻散發著淡淡的涼意。我把瓶裡剩下的白酒全倒在身體上，感覺被酒精浸過的地方，都跟乳房一樣帶有一種暢快淋漓的，不斷深入的涼意。用不著起身，我便能用一條腿把臨街的窗戶推開，然後突然把身體緊縮成一團，用自己雙手，緊緊地環抱著自己。也就是這一刻，我通過一種獨特又放縱的傾瀉，讓自己的身體與窗外的街巷喧囂結合在一起，卻也體驗到更為雜沓荒涼的落寞。於是，我爬到床上閉上眼睛，拉過一條薄薄的毯子蓋在身上，沉沉睡去。入睡之前，我的嘴裡發出「哦……」的一聲，而在此之前，我連哭泣都是寂靜無聲的——我以前不是這樣的人，上高中那會兒，也不像現在有著一種風韻之美，反倒十分纖弱、靈秀，性格也不像現在這樣過於陰沉，像隻活潑調皮的小鳥，走到那裡都「嘰嘰咕咕」鬧個不停，而這些，我或許連夢裡也不願去回想了。

莫醫生

釣魚成了我唯一的樂趣，也是我對生活唯一的——女兒不願跟我回內地老家，我也沒有辦法——期待。把脈的時候我都會恍然走神，以為自己是在抓住一條金光閃閃、活蹦亂跳的大鯉魚，牠的身子一挺，便要跳回魚池裡；我的另一隻手就會抽動一下，意欲也跟著去按住病人的手，但往往是剛抬起來，又凌空縮回去，把自己、也把病人嚇一跳。我就是因釣魚而結識同樣喜歡釣魚的老陳的，釣技差不多都是老陳傳授的。我們又由此發展出一個共同的期待，那就是喝酒。老陳的兒子五年前從西南政法大學畢業，來深圳第二年就考上公務員，第三年就買了房，很快又結婚生孩子，把父母接過來一起住，也幫著管帶孩子，一家子其樂融融。而我唯一的女兒，都快三十六歲了，仍然是形單影隻的一個人。看著老陳，想想自己，心裡無比悽惶。

老陳是四川人，我是雲南人，兩人之間沒有語言的障礙，且都偏好麻辣食物。為了喝酒，常不等到天色暗下來，就開始收拾釣具，走路回到黃貝嶺。在我工作藥房的周圍，隨便找家西南風味的菜館坐下來，點上幾個菜，喝完自帶的白酒——一般是貴州醇、古綿純或老掌櫃，偶爾也喝皖酒王，四十五度左右的——再每人根據個人酒量，叫上幾瓶啤酒就可以了。醉了也沒關係，老陳的兒子開車來接老陳時，也會順便把我送回到出租屋裡。

老陳長得心寬體胖，短髮，不喝酒臉也是紅紅的，還喜歡笑，渾身散發出坦然又親近的氣場。他身邊的朋友很多，但最能說得上話的是我，或許是大家都一把年紀才來到深圳生活，那種無根無序的漂泊感，給我們帶來深深的不適，並造成強烈的傾訴欲望。在我看來，他說的東西有的又太過於矯情，且都是我所沒有的，也可以說是在變相地炫耀他的幸福，比如老陳說到老伴的嘮叨、兒媳的邋遢、兒子的好逸惡勞和孫子無休無止的哭鬧時，嘴角掛著的那絲笑意就讓我受不了。等他說到：「我們這個年紀的人，不應該滿世界到處亂跑，討生活；幹了一輩子革命工作，就該歇息下來，安分守己地享受天倫之樂，身邊圍著親人和朋友，都是說得上話的人，想吃就吃，想玩就玩，沒事時一個人曬曬太陽，也是其樂無窮的。」我就會感同身受，感慨萬千，不但要跟他握手，還會一仰脖子暢飲一杯。只可惜，這樣的時刻今後不會再現了。

老陳左耳垂下長了一個雞蛋大的肉瘤，是一點一點持續長大的，不疼不癢，也不礙什麼事，所以一直不怎麼放在心上。前幾個月感到隱隱作痛，他方去醫院檢查，才知道是惡性腫瘤，且已到晚期，癌細胞已擴散到全身。隨即就在人民醫院所做的手術，不但未能挽救老陳的性命，反倒使病情惡化，加速了他的死亡。老陳的死讓我感到刺痛和震驚，一下班便把吳虎叫到出租屋陪著喝酒。我一邊喝酒一邊在電話裡勸說老陳的兒子，不要讓老陳火化，最好是趁他屍骨未寒，趕忙用車把屍體帶回四川入土安葬。一起喝酒的時候，老陳跟我透露過這個心願，但他的兒子沒有答應，只說明天早上九點就要火化了，時辰是專門請人看的。

「火化後怎麼辦呢？」

「暫存在殯儀館，」老陳的兒子說，「過了年再說。」

「不帶回四川安葬——為什麼？」

「家裡還沒買墳地，錢還沒湊夠，還得過兩年再說。」

「可惜了……」我說。

「這就是你們老人常說的命該如此吧。」

「是啊，」我說，「都要火化了還能怎麼著。」

我覺得我們說的似乎不是一回事。答應老陳兒子，明天去沙灣殯儀館給老陳送行後我就把電話掛了，與吳虎繼續喝酒。酒一上頭，我便開始大著舌頭罵人，也不罵誰，含含混混地淨說些髒話，似乎全世界都不對勁。為了讓我少喝幾杯，吳虎把瓶裡剩下的酒都喝了，最後我們兩人都醉了，倒在床上一覺睡到大天亮。吳虎很帥氣，我很喜歡他。他穿著雪白的襯衫，挺括的西褲；身子健壯，皮膚黝黑，板寸頭透出一股子剛毅的神采。畢竟酒多傷身，一早起來後，他自己都覺得頭痛欲裂，我自然好不到哪裡去，何況我的膽囊還有問題，酒一過量就會疼得肝腸寸斷，連走路都很艱難。聽說我要他陪著去沙灣，吳虎點頭就答應了，只說：

「我下午兩點要回公司辦事呢。」

「不用那麼晚的，」我說，「去一下就回來。」

老陳的兒子開車直接把我們送到殯儀館門前，他的家屬和親友們站在最右側的一個禮堂門前，看到我們走近，就紛紛進到禮堂裡，聽從殯儀館司儀的指揮，圍著老陳的屍體轉了三圈。我用手輕捂著劇烈跳動的心臟，看著前幾個月還一起釣魚喝酒的老朋友，四平八穩地躺在鋪著黃色錦緞的棺材裡，身體像根木柴一樣乾癟。有一刻我還用手捂住眼睛，昏昏沉沉跟著隊伍移動腳步，像是錯眼看到的，不是老陳而是自己躺在那裡，眼淚便流了下來，但我藉擤鼻子的時機趕快拭去。轉完三個圈子，隊伍由縱隊改為長排，整齊地列在棺材尾部時，我開始覺得眼冒金星，渾身無力，隨時都會一個跟斗栽倒到棺材裡去，跟老陳躺在一起。吳虎及時發現我的身子在搖晃，便把我扶到禮堂外面去，讓我靠牆站著，還跑步到廣場一側的小賣部給我買礦泉水，讓我喝幾口好平復情緒。喝著水，我車身往裡看，儀式已經完畢，司儀正把老陳的遺體往屏風後面推。

「拉他去哪裡？」我問。

「焚化爐在後面。」老陳兒子說。

我看了一眼殯儀館禮堂後面，一抹青山映襯著火葬場高聳入雲的煙囪，不斷冒出的青煙飄蕩成幾絲絮亂的流雲，突然覺得鼻子發癢，似乎吸入了什麼異物，還來不及擤，人便徹底失控了，客死異鄉屍骨無存的恐懼，讓我放聲大哭起來。我用手緊緊捂住臉，嘴裡一個勁地重複著「啊啊啊」的聲音，哭得簡單而無序，哭得像個無理取鬧的孩子。嘴巴跟老陳的傷口一樣久久不能合攏，流下來一綹綹的口水和鼻涕，淚水也不斷從指縫裡滲出來，似乎自己的眉毛下，是兩口豐盈的泉眼。老陳兒子的眼圈立刻就紅了，走過來像跟我一起喝酒時的老陳一樣，手緊緊地跟我握在一起。

「莫叔，我爸已經走了，你自己要多保重身體。」他說。

他還要等著取老陳的骨灰，隨即安排存放事宜，便安排朋友開車先把我和吳虎送回去。我無法平復情緒，不能直接回藥房上班，回到屋裡躺了一下，心裡又堵得慌，想著自己這種惡劣的心情，是無法為患者看病的，乾脆就不去了，起身打開一瓶酒喝了幾口，讓酒精的熱性溫暖我的血液，迷離我的雙眼，平添一身孤寂的氣息，直到黃昏才出門去菜市場，買了幾個菜。吳虎在東湖公園門前下的車，我交代他晚上下班再來我們的出租屋一趟，有事跟他商量，他也點頭答應了。

莫玉媛

算起來，我來深圳已十年了，而我這樣的生活狀態，卻是從在家裡時就已持續的。幾乎高考一落榜，我就和在鋼鐵廠當電工的陳浩，確定了戀愛關係，或者說，我們就是因早戀而影響學習的。陳浩家在縣郊的農村，和我是同班同學，我們畢業時，適逢鋼鐵廠擴招，我進入鋼鐵廠當化驗員，陳浩經過幾個月的業務培訓，獲得電工證後也跟著進了廠。我第二次把陳浩帶回家，跟家人提說要結婚時，家裡才開始重視這個問題。母親請人去調查一番，才提出明確的反對意見。說陳浩的家裡太窮了，七八口人擠在三間小瓦房裡，晚上連個睡覺的地方都沒有，結什麼大頭婚呢。母親不是反對我們戀愛、反對結婚，只是想等陳浩家裡住房寬裕一點再說。她還說，我們年紀都還小，不知道生活裡還有無限的可能，這個勁頭一過去，什麼事情都可能發生的。

話說得合情合理，我們自然欣然接受。那時適逢南下打工潮洶湧澎湃，母親的話，啟動了陳浩闖蕩江湖、出人頭地的男兒野心，便辭了家裡的工作要到深圳去闖蕩，一心要在最短的時間內，賺更多的錢，回家蓋大房子，再把我娶回家裡。我本是要跟著去的，但家裡不同意，父親一提出反對意見，我就不吱聲了。主要是母親身體不好，哮喘病，算起來都十幾年了，吃什麼藥也不能根治，這些年反倒越來越嚴重了。父親工作太忙，而家裡又只我一個獨女，我得留在家裡照看母親。

陳浩臨行前兩天，我特意穿上一套白底碎花的連衣裙，拉著他到郵政局邊上的照相館，相互依偎著照了一張合影，讓陳浩把照片帶在身上，也當是我陪著他一起浪跡天涯了。然後我們手挽著手，穿過縣城的大街小巷，徑直來到西郊，踏著月色，沿著彎彎曲曲的東門河又走了很長一段距離，才在河邊的一棵柳樹下坐下來。東門河的清波，在皎潔的月光下，如一河活活的水銀在微微地蠕動。夜風蕩過田野，吹拂著我們年輕的身體，但怎麼也吹不去我心裡的疼痛。想著身邊的陳浩，再過兩天，就將置身千里之外，一個叫深圳的城市，一個陌生得我用思想都無法揣摩的地方，心上那種尖銳的疼痛感就油然而生。我死死抱住他，久久說不出來話，但心裡知道，一定要做點什麼，不然一切都來不及了。於是就引導著他的手，從乳房開始，在我的身上四處遊走，最後將自己的整個身體都交給他。在陳浩進入我身體那一瞬間，我終於覺得心上的疼痛感得到了轉移，轉換為一種莫名的坦然和釋懷。

「陳浩，」我從陳浩的懷裡抬起頭，盯視著他說，「這回我是你的女人了。」

「嗯。」陳浩有氣無力地說。

「你一定要早點回來，掙不了錢也不要緊。」

「我知道。」陳浩說。

我從未懷疑過陳浩說這話時的深情和鄭重，但我無從知曉，一個男人面對大千世界時，內心深處的脆弱。開始那一兩年，工作之餘，陳浩會不斷給我寫信，講述他出門在外的無依無靠，講述他無法排遣的寂寞，和對我無盡的思念。我就是從這些信中，對深圳有了一個大概的印象，知道深圳是一個被大海懷抱著的城市，有著成片的工廠，而街上走著的人，都來自全國各地，操著不同的方言，做著不同的夢，就像我日思夜想的陳浩一樣。可過了那兩年，陳浩便跟我斷了聯繫，消失得無影無蹤了。任由我獨自一人，在家鄉的縣城，幾年間就長成個美麗的婦人。

我樂於工作，每天早上八點起床，給父母做好早餐後就開始去上班，中午回家吃午飯，順便看看母親有無大礙，晚上六點下班，而我六點半就會準時到家，買菜做飯，隨後是洗碗，洗全家人的衣服，都忙活完了，就關門躺在床上，一遍又一遍閱讀陳浩寄來的信件。知道他開始那兩年裡，換了一個又一個工作，但都是在流水線上當工人，重複的都是簡單、機械的勞作；知道他交了一個又一個新朋友，生活不再枯燥而乏味；知道他在深圳走了越來越多的地方，讓一切都變得難以把握。但我從未正視過這個問題，我甚至都不會相信，我和陳浩的感情已經成為過去，他甚至都不會再回來了。閉上眼睛的時候，我還能感受到陳浩的手掌探索自己身體時，他手心的溫熱和自己身體的顫動。我甚至是慶幸自己在陳浩臨走之前，已把身體給了他，不然這漫漫長夜，我真不知道該如何熬過去。

我像做夢一樣，渾然不知自己身邊的男人已越來越少，也就是陳浩杳無音訊那陣子，大概年把左右，單位的同事，初高中的一些同學，總有那麼幾個會來糾纏我，找一些可有可無的藉口，在路上截住我想請我吃飯，或者跑到家裡來，當著父母，對我說一些詞不達意的話語。我知道他們是什麼意思，所以一概不加考慮地予以回絕。我說過，自己是陳浩的女人，對此，我無怨無悔。我覺得自己已永遠屬於陳浩，再委身他人的想法是非常荒唐的，也是絕不可能的。也就是這個時候，我身邊的女伴也越來越少了，一個個走入了婚姻的殿堂，有的已拉著兩三歲的孩童，稚嫩地叫我阿姨了。對此，我也是不管不問，繼續像往常一樣，隔個十天半月，就找一輛自行車騎著，去到陳浩位於郊區的家裡看看，然後將情況寫在信裡，如實向他轉告。而他的母親，一個比我母親大幾歲的慈眉善目的老太太，每次進城，也會來看看我，給我帶一些農產品來，馬鈴薯、辣椒粉、臘肉等。也不多說什麼，接過我倒來的茶水喝盡後，說笑幾句就走了。

時光在流逝，我繼續沒沒無聞地工作和生活。在單位圍著各種儀器轉，回家又圍著母親轉，但也變得越來越寂寞，性情陰冷，喜歡獨處，還拚命責怪自己，當初就不該讓陳浩出去的。他家沒有房子有什麼關係，我們家不是有嗎，用我們家的房子結婚，住在我們家不也一樣嗎，如果他能放棄一個男的尊嚴，收起貪玩的心回到家裡，我們現在也還來得及這樣做的。而我的這些心思，已經沒人能看透了。我的母親，我在這個世界上唯一的知心人，就是這個時候去世的。能與病魔抗爭這麼多年，也算是奇蹟了。而父親，平時只知道忙醫院的事情，有點空了，就去東門河釣魚，或者找幾個老頭沒日沒夜地喝酒，除了用滿含隱憂的眼神看我，是一句知心達意的話也不會跟我說的。母親死後，父親更是顧不上我了，他似乎看透了天命，在忙著安葬妻子的同時，也在為自己的葬禮做各種準備，漆黑的杉木棺材，父親買了兩副，一副給妻子，一副擺放在閣樓上，留待自己用；在郊區小黑山上向農民買的墓穴也很寬敞，為的是便於以後跟妻子合葬；他甚至連自己的墓碑都立上了，就等著把死亡日期銘刻上去。

時間轉瞬即逝，春天過去，炎炎夏日到來，偶然在黃昏時刻到東門河邊散步，我發現那裡已經成為另一撥年輕人的天堂，而這些人，許多還曾被自己稱之為孩子，看著他們脫了鞋子在河邊嬉戲、摟抱、親吻，看著東門河在田野中滾滾遠去，我恍然明白，我的青春已經遠去，我身上那層皮肉，也變得陳舊而沉重。我也終於被自己的處境嚇壞了，第一次想到要走出去，去結識他人，過另一種生活。那時，卡拉OK正流行，鐵廠邊上就開了好幾家，人們擠在一起，喝著汽水和啤酒，扯著嗓子唱情歌，面孔被鎂光燈映照得迷離又虛幻。下班沒事時我也跟著去，坐在一個陰暗的角落裡，帶著落寞的眼神看著眼前的歡悅。我會唱歌，但從未點過歌，別人點了我也不唱，最多是跟著合上幾句，這也讓我感到惶恐和不可思議。我每次去都會換穿上一身黑裙——我那時就開始喜歡穿黑色的衣服了，為的是便於從黑暗中逃遁，還藉以抵禦從狂歡的人群蒸騰起的，不斷衝擊我心臟的一股神祕力量，我怕被這股力量帶入萬劫不復的境地。

莫醫生

女兒下班進門不久，吳虎也趕到了。我炒了個青椒馬鈴薯，一個回鍋肉，一個炒生菜，還燉了隻東莞走地雞。碗筷都是提前擺好的，我還每人給他們盛了碗雞湯，推說自己已經吃過了，有事回藥房一下，讓他們先吃。然後下樓來到街上到處溜達，發散心口鬱結的燥氣，還在藥房右側的那棵大榕樹下，看幾個本地老頭下了幾盤棋，一點也沒發現，一輛警車已悄然開到我們出租屋的樓下停著。等我覺得時間差不多了，往回走時，正好看到吳虎光著上身，雙手戴著錚亮的手銬，被兩個警察押下樓來。他看到我時，神色慌亂，臉色煞白，應該被嚇到了，嘴唇動了幾下，卻說不出話來。

我攔在他們前面，說：「這是怎麼回事？警察抓你幹什麼？」

「莫叔……」吳虎咧開嘴唇，漏出來兩個字。

「你是誰？幹什麼的？」一個警察用嚴厲的眼神瞪著我。

「我是他岳父，」我說，「你們抓他幹什麼？」

「有事到派出所去說。」另一個警察推著吳虎，從我身邊擠了過去。

我抽身往樓上跑，在三樓樓道裡，迎面撞上女兒下樓來，她身後也跟了一個警察，警察的脖子上掛著個相機，見我又攔住他們，問女兒是怎麼回事。他察看著女兒欲言又止的神情，弄清楚我的身份後，告訴我女兒被人強姦了，讓我也去一下派出所，配合調查。我一聽就懵了，不是不明白怎麼回事，而是沒想到事情會發展到這個地步。我沒敢再多嘴，讓開身子給他們下樓，然後急急忙忙跑回家裡，把晚飯剩下的湯湯水水，全倒在一個黑色垃圾袋裡提著，丟到另一條街上的垃圾箱裡，才趕到黃貝派出所裡。

一進門，就看到吳虎在接待室對面的拘留室裡蹲著，頭幾乎埋到褲襠裡去，還不停地搖啊晃的。他聽腳步聲就能判斷是我來了，猛的一下站起來，對我說：「莫叔，我沒有做那樣的事，你要相信我——我們吃著吃著飯，她就挨到我身邊來，衣服也是她自己脫的……」

「我相信你，我知道……」我說。

接待室裡出來一個女警，冷著臉斥責我們，不讓吳虎跟我說話，也不讓我走近拘留室的鐵門，問清楚我的身份和跟這事的關係後，讓我在門邊靠牆的一排鋁製靠椅上，老老實實坐著。半個多小時後，女兒做完筆錄走出來，她不看我，也不看別人，徑直走出派出所回家去了。警察把我叫進後，我反覆告訴他，這不過是小倆口吵架鬧彆扭而已，跟強姦沒有半點關係。警察說：「你女兒不是還沒結婚嘛？」我說：「已經訂婚了，我們那兒訂婚跟結婚沒大多區別的。」警察又說：「是否結婚，改變不了強姦的性質，只要是違背女方意願的，都是強姦。」我問：「剛才我女兒說了，她是怎麼不願意的嗎？」警察說：「這個你不用管。」我就趁回答他問題的時候，又繼續強調，這真的是小倆口鬧彆扭而已。我還告訴警察：「我女兒的腦子不好使，就是人們常說的，神經有點問題，兩人一定是鬧急了，她一時轉不過彎來，才會打電話報案，說被人強姦的。」警察仔細記了下來，最後告訴我，我說的這些情況確實很重要，他們會認真調查核實的；案子已經立了，只要受害人不撤案，他們就會追查到底，依法給予公正的處置，不會冤枉好人的。

我明白過來警察的意思，做完筆錄，又急忙趕回家裡。女兒永遠都不會明白這是怎麼回事，坐在床沿上不停地哭泣，丟了一地的紙巾。面對女兒，我心裡惶恐不安，充滿愧疚，還覺得自己十分的可恥，做出那樣的事情來，讓她受到了傷害。她哭得那樣傷心，心裡的苦可想而知。等她緩過勁兒來，差不多停止抽噎了，我才敢走進去，在她身邊坐下來。我自顧自地說著，也不管她有沒有認真去聽，告訴她，我錯了，當初就不應該讓吳虎過來的，不但幫不了他，還會害了他。他是個好人，還有恩於我們家，現在卻深陷囹圄，這是我從未料到的。不過話說回來，事情已到這個地步，把他抓去關起來，也是沒有意義的，於事無補，還會害了他一輩子。我把話反反覆覆地說了幾次，女兒都不接一句話，大概是覺得我太囉嗦，就起身開門出去了。大概過了兩個多小時，將近午夜時分，她回家進門時，身後卻跟著吳虎，我心裡就感到了些許的欣慰。

女兒經此折騰，說是肚子餓了，也沒問我們，就幫我們每人下了一碗麵條，大家就當什麼事情都沒發生過一樣，又坐下吃了起來。我找了一瓶酒出來，先跟吳虎乾了一杯，想給他壓壓驚。兩人喝了差不多大半瓶時，在酒精的作用下，我又開始把持不住自己，以為虛驚一場之後，我的目的反倒達到了，既然女兒已跟吳虎有了那層關係，男女之間那層紗一旦捅開，後面的事情磨合一下，也會水到渠成的。我把話說得很婉轉，我說自己想回老家去了，拜託吳虎繼續留在深圳，幫我照看一下女兒。就算他不能跟我的女兒結婚，在深圳也是能找到老婆的，年輕人就該在外面多闖一闖，別忙著回去窩在家裡，那樣沒出息。

吳虎看著我，一愣一愣的，或許是認為，我經此一鬧，已徹底改變了初衷，要把他丟下完全不管了。半年前，我給他電話，說自己已經幫他安排好工作，一個長期來抓藥的、關係處得還可以的園林公司老總，答應讓他去公司當司機，還讓我通知他，務必在一週內趕到深圳上班。一開始吳虎並沒有答應，他在家也是有工作的，在一個焦化廠開卡車，把生煤一車一車拉到焦化爐煉成焦煤，又一車一車拉到鋼鐵廠煉鐵，收入也不比在深圳差多少，還能在家裡照顧老人和年幼的孩子。

「如果你還想跟我女兒結婚，那就得來深圳。」我說。

「你帶她回來不就兩全其美了嗎？」吳虎說。

「她要願意回家，我還讓你來深圳幹什麼？」我說，「年輕人在一起時間長了，慢慢就會培養出感情來，何況你們還是有感情基礎的，以前有點小誤會算不得什麼，這麼年多過去，我女兒早該忘記了。」我的話是有一定道理的，吳虎信了，但等他來到深圳，看到我女兒第一眼，就告訴我說，他和我女兒之間，怕是早已沒回頭路可走了。他說像我女兒這樣的女人，是只適合孤寂地終老一生的。在他看來，我的女兒已長成一個中年女子，高䠷，豐腴，面容也十分精緻、白淨，美麗是不言而喻的，對任何男人都是有吸引力的，但她那身黑色的裝束，一年四季都不曾改變，走路腳步輕盈而快捷，像一個黑色的影子在飄動。他一看到她，就會覺得渾身發冷。女兒會做飯招待他，跟他話家常，對他噓寒問暖，但那是一個人為人處世最基本的態度，主要是她的眼神裡，沒有任何的內容和情感，像一杯經過無數次蒸餾的水，已經分辨不出顏色和味道了。她的眼睛只能完成基本的看視功能，不再反映任何的內心活動，連靈魂之窗什麼亂七八糟的東西都不是了。有幾次，吳虎有意直勾勾地盯著她看，眼皮往上抬一點，隱含的笑意透射出一些暖色的調子，為自己的到來和打擾表示歉意，也期待著她明瞭此中的含義並做出回應。她也迎著他，但卻不是為了和他對視，只是她的視線需要從那兒掃描過而已。吳虎說他自己就會渾身一顫，像是被一根淩厲的棍子抽打在身上。

於是他想要回老家去，說家裡的工作還為他留著的，但我不同意，批評他沒有耐性，沒有誠意。為做他的思想工作，我和他談了很長時間，也喝了很多酒，吳虎這才發現我的膽囊早就壞了，我說自己在家時就感到有點不舒服，到深圳後去檢查過一次，情況跟自己想的一樣不容樂觀，怎麼不樂觀我沒說，但吳虎看得出來。喝酒過量後，我躺在床上嗷嗷地叫，疼得齜牙咧嘴，整個背部硬得像一塊磚，已經無法下地了，要不是他用熱毛巾，給我搓揉了一夜，我第二天連班也沒法去上了。於是我又才對他說，自己這個樣子，也不知道能照顧女兒到哪一天，他要能和我女兒走到一起，我也就放心了。

「別住公司宿舍了，從明天起，你就搬這兒來住吧。」我繼續說。

我知道，吳虎當初留下來，是出於憐憫，一種順勢而為的隱衷，一種對生活的美好嚮往，此刻聽了這些話，卻發現自己所有的堅持，都是那麼愚鈍和可笑，跟我為撮合他們而安排的那些場景一樣，都是那麼虛假和荒唐，所以他支吾著不知道該怎麼回答。我都來不及提醒他，女兒就先有意見了，她看著我，用那種亙古不變的、淡漠荒寒的、一直以來就讓我心裡發毛的眼神，然後幽幽地說我連自己的身子都照顧不好，還為別人瞎操心。

「誰要他照顧了，我自己好手好腳的，我說過要誰照顧了？」女兒又說。

「你要能照顧好自己，」我說，「我還用得著跑到深圳來守著你？」

「誰讓你守著了，」女兒還是幽幽地說，「你回去啊，是我請你來的嗎？」

聯想到今天發生的所有事情，我心都碎了，暗沉的臉頰突突地跳著，本想說點什麼，但只「我……」的一聲開了個高腔，又把其餘的話吞回肚子裡，放下酒杯的同時，電光石火間甩給她一個巴掌，打得女兒渾身一個激靈，一時還不明白發生了什麼事情，一臉驚恐地看著我。我起身在房間裡急速地轉著圈子，眼睛緊盯著地板，就像要找個地縫鑽進去，然後又氣急敗壞地摔門出去了。吳虎趕忙跟了出來。那時已到午夜時分，我穿街過巷，瘦小單薄的身子，在熙來攘往的人群中不停躲閃穿插著，一會兒就把他拋在身後老遠的地方，他緊跑幾步，又才追上來，那時我已岔進一條沒有路燈的小巷，身影變得十分模糊了。小巷那一邊，有一個火車票售票點，在他看來，我應是去買回家的火車票了吧。

莫玉媛

每次去卡拉ＯＫ廳，在焦化廠開卡車的吳虎都會來陪我。那時的吳虎留著長髮，穿衣隨便，給人一種十分邋遢的感覺，但我不在乎這些，我喜歡有個人陪著。當我們被街燈拖著身影，穿過一條又一條街道，一路走著回家，而他又適時停下來，買一份熱氣騰騰的夜宵放在我手心裡時，我也會開心地笑起來，伸出手去挽著他，感受著他的手肘，不斷觸碰著自己胸部的力量，甚至暢想著我們將會有一個，如何不一樣的未來。

吳虎也是跟我一起落榜的高中同學，他幾乎是與陳浩一起追求我的，但他那時不善言詞，也不懂得女人的心，只知道愛，卻不知道如何將自己的愛表達給心愛的女人，而且對待愛情的態度過於輕率，受到拒絕後，很快就投入對另一個女生的追逐中，並在高中畢業後，與那個女生舉辦了隆重的婚禮，我們班上的同學差不多都去了。看著他們恩愛的樣子，很多人羨慕不已，可惜好景不長，第二年，也差不多是他們結婚紀念日時，老婆就因難產離開了他，孩子保住了，從此成了吳虎心裡最沉重的負擔。父親不知道這段瓜葛，他甚至是計較吳虎鰥夫的身份的，但吳虎的表現讓他無話可說，尤其母親離世的那些日子，吳虎跑前跑後，全力操辦，親生兒子一樣，巴心巴意地協助父親，把母親送上墳山。當晚一起吃飯時，父親特別敬了吳虎一碗酒，說把我這個女兒交給吳虎，他最放心不過了。還有一句話，父親支吾幾下，也沒說出來，但吳虎能明白，父親的意思是，他自己差不多都安排好了，等他也走後，吳虎能按照他的意思，把他跟母親一起安葬好。吳虎又跟父親碰了一碗酒，說：

「莫叔，您就放心吧，有我呢。」

我很感激吳虎的鼎力相助，明白家裡也應該有這樣一個男人，不但自己的今生都有了著落，父母的一生，也會有一個完美的了結。我把這些想法都掛在了臉上，甚至默許吳虎趁其不備地觸摸我身體的敏感部位。直到一個炎熱夏日的午後，家裡就我兩個人，吳虎把我按倒在床，將我全身的衣服褪去，毫不含糊地爬在我身上。我本也是半心半意的，或者說也是期待著的，但我感覺不到他的手在自己身上撫摸時的溫度，我渾身的肌肉都是僵硬的，我在他掌心下感受不到柔情蜜意，而是一種生硬粗糙的摩擦；我躺在柔軟的被窩裡，越是克制，越是覺得有一股怒火，在自己的身體裡運行。這火是早已隱藏著的，平時我就有所覺察，但為了不可名狀的改變，我使用堅強的意志壓制著，而現在，他越是溫柔，我也就越難忍受。就在吳虎即將進入我身體那一瞬間，那股怒火終於噴薄而出。我一腳踢在他肚子上，讓他翻倒在床下噉噉叫喚，自己卻不管不問地穿了衣服，一口氣跑到東門河邊，一直坐到天幕四合才回去。那時，我終於想清楚，我需要的不只是一個男人了，況且我是無法接受其他男人的觸摸的，我只是苦於無力排遣那種孤獨的氣息，一種看著自己的年華老去卻又無能為力的氣息，這氣息已讓我的氣血失去了平衡。我知道，這種感覺來自心靈最隱祕柔軟的部位，已經不是一個男人所能給予和找回的了。

這些，父親無從知曉，他只看到女兒的無理取鬧。訂婚後沒多久，也就是行將與吳虎結婚的前兩個月，聽別人說起陳浩在深圳的黃貝嶺村出現，我當天就收拾好行李趕到市裡，坐上了前往深圳的火車。一到深圳，我就在黃貝嶺住下來，走遍了大街小巷，祈願能早日找到陳浩，帶他一起回到故土，回到久別的家園。我甚至去到關外，以前陳浩寄去的照片所拍攝的那些地方，想一家一家工廠地詢問；但陳浩工作過的工廠都早已不復存在，有的廠房已被改做超市，有的已成一片草地，其間散落著幾棵枝繁葉茂的榕樹。於是我又回到黃貝嶺，這個最後確認陳浩出現過的地方，找了一個藥店營業員的工作，穩定下來繼續找尋，這一找就是十年。前八年只我一個人，過著形單影隻的生活，後兩年雖有父親來陪著，但於我也好不到哪裡去。

不過到了後幾年，我雖還會時常想起陳浩，但心裡也明白，自己已不再對他抱任何期望了。我覺得自己已經耗盡了所有的熱忱，像一個堅硬冰冷的軀殼，我不能感受愛，也不需要愛了，只想聽到身體裡發出一聲響亮的回應，能把心敲出疼痛感的聲音，感知自己生命的存在和鮮活。十年了，我下班一吃完飯，就把自己鎖在屋裡，聽著自己的心跳和呼吸，我知道自己是活著的，但隨著時間的繼續流逝，我發現自己所身處的窄小空間裡，因自己待得太久，空氣已越來越稀薄，最後都不能供自己呼吸了；我張著嘴大口地喘氣，感覺到房間裡所有的塵埃，都已堆積到自己身上，閉合了身上所有的毛孔，使我的身體變得陳舊易碎，並將在一種往裡擠壓的力量下，輕易破碎。

於是在一個大雨滂沱的夜裡，我脫掉衣服，裸身走到街上，一路狂奔起來，讓南方豆大的雨滴肆無忌憚地傾瀉在身上。不在乎石子把腳硌得生疼，不在乎路邊店鋪裡那些瞠目結舌的眼睛，一路跑到黃貝嶺村的牌坊下才停下來喘一口氣。裸身的刺激和雨滴的清涼讓我欣喜若狂，於是我繼續跑，一直衝到深南大道上，在車水馬龍中，聽到了自己身體裡發出的嘶喊聲和尖利刺耳的剎車聲。我驚慌失措地四處張望，感知雖然置身繁華而忙碌的深圳深南大道上，這個世界卻已在大雨中停頓下來，靜止下來，我只看到了濃密的雨柱，穿天透地，看到幾束通紅的燈光映照著我，讓我跑在雨中如跑在雲端，身體變得越來越輕。在經過一陣艱難的割捨和調整後，我才找回了身體的平衡感，那是一種用寂寞就能慰藉靈魂的通透和泰然，於是就轉身往回跑，一直跑到家裡的床上，用一條薄薄的毯子蓋著安靜地躺好，心想，這回我終於可以好好睡一覺了。

我那時的睡姿跟今夜酒後一樣，向左側臥著，一條腿曲著緊靠著另一條腿的膝蓋，右手攤平壓在乳房下，左手向左一直伸出了床沿。我很快就進入夢中，只是半夜時又因一個心念的碰觸而驚醒，起身把門拉開一條縫看了看，父親還未回來，他睡覺的沙發床空蕩蕩地靠在客廳的牆壁上。我關上門走到窗口看，午夜的深圳，就像一個倒扣在光影裡沉浮著的失落世界。街上依然喧鬧，人影幢幢，但我看不到父親的身影，連尾隨著尋找父親的吳虎，也不知跑到哪裡去了。

荒草

麗萍告訴我們——梅子和我：「你們看到鳳凰加油站就下車，往前走五十米，有一個公交站，也叫鳳凰加油站，我就在月臺上等你們。」掛了電話，我們在廣州流花汽車站，登上開往深圳的班車；一路搖晃著，差不多凌晨一點，下了廣深高速，來到深圳關外的福永鎮。

車上的人，都是像我們一樣的南下人群。從家鄉出發，不知轉多少趟車，幾經顛簸，累得像坨屎攤在座位上，說話的力氣都沒有。或者是自己把自己給嚇著了：誰知道呢，離家那麼遠，城市那麼大，車門一開，迎接自己的會是什麼，沒一個人能料想得到；只能屏聲靜氣，以不變，應萬變。

一〇七國道上沒有路燈，黑漆漆的，大巴車幽靈一樣行駛著。

老家，十里八鄉才能看得到一個油站。按我的理解，一個福永鎮，有一個加油站足夠了，這個加油站，必定就是麗萍所說的鳳凰加油站；所以我才會晃眼看到車窗外的黑暗中，浮現出「加油站」三個字時，激動地朝司機大喊：「下車，下車。」司機一腳剎車，把我們丟在路邊。抬頭一看，錯了，是機場加油站，心裡立馬就慌了。

「你媽有病啊？」梅子說。

她不是真心要罵我，四周黑黢黢的，她是不知道接下來該怎麼辦了。我們並不清楚鳳凰加油站在幾公里之外，途徑那兒的車輛，一〇七國道上絡繹不絕，一天二十四小時都有。身後，機場加油站後面，一座小山的陰影籠罩著我們。前面，黃田機場不停有飛機在起落，發出轟鳴聲，還有一閃一閃的藍光。從西南的小縣城突然來到這樣的地方，猶如進入到夢境。

我們在路邊，黑暗中，相互沉默，又等了快半個鐘頭，才來一輛大巴，將我們帶到目的地。麗萍把我安排到五元店住，梅子和麗萍是小學同學，被麗萍帶到她們宿舍去了。其實沒這必要，梅子我們很早就睡過了，麗萍不知道，我們又不好意思說。

第二天，麗萍請一天假，帶我們找工作。她倆一早來五元店叫我，我在水龍頭下接點水，捋順亂糟糟的頭髮，跑下樓跟她們匯合。深圳是一個輕工業城市，女工需求大，梅子幾乎剛轉過一個街角，就被一家叫「中原」的絲印廠聘用了。跟她一起面試的，大概二十幾個女孩，半小時不到，再出廠門，她們就都穿上有著藍色條紋的短袖工作服，胸前掛著廠牌。工服又薄又透，能從外面看到每一個人文胸的顏色和胸部的輪廓。我偷偷告訴梅子，會不會太透了。她回我說：

「怕什麼？人家不都一樣穿！」

似乎只要是女工，不管胖瘦美醜，都會有一家工廠的大門向她敞開著。男工就得另當別論，沒個一技之長，就會被人挑挑揀揀。除非招高端人才，工廠都懶得去人才市場。需要什麼人，告示往門衛室的玻璃窗或外牆一貼，不出半小時，就會被務工人員圍得水泄不通。從初中生到大學生，一抓一大把。

當然，我找不到工作，跟這些都沒半點關係，是我的身份證出了問題。它是臨時的，只有三個月有效期，人事人員接過去一看，連大門都不會讓我進，就一句話：「我們不招只有臨時身份的人。」最為成功的一次，是一週之後——麗萍和梅子要上班，只有晚上不加班，才會有空出來見一下我，陪我在路邊小賣部門前坐著喝一瓶汽水，五毛錢一瓶的可樂。梅子樂呵呵的，沉浸在有了工作的興奮中，感覺不到累。只有聽我說到找工作的艱辛，臉上才會浮現失落的表情——在鳳凰工業區面對的新田工業區，我一再向人事小姐承諾，不出半年，就能把正式身份證拿來；她這才讓我通過初試，放我進入人事部辦公室填寫「求職表」。隨後，我們一起求職的差不多五十餘人，來到工廠大門前的院壩裡，站成一排，等待人事經理檢閱。

他手裡拿著我們填寫好的「求職表」及身份證影本，叫到誰，誰向前一步，接受他的各種詢問。這是道流程，他至多是看看長相什麼的，更多是顯示他人事經理的權威；尤其當他說到如何嚴肅規章制度時。但叫到我名字時，他並不要求我向前一步，而是說：

「禹城，出去，」隨即側身對一旁的人事小姐說，「怎麼搞的，你？這樣的人也放進來。」

我唯一的選擇，只能回家。

身上的錢差不多用光了，買上回家的車票，只剩下五十元。工業區裡，有跑六盤水的大巴。五十塊錢，除去轉車費，剛好夠解決路上的溫飽問題。梅子一個人來送我，也是在晚上。發車前，我們找了個僻靜的角落擁抱和接吻，她哭得稀里嘩啦的，還說：

「回去趕緊辦證，我等你回來。」

梅子個不高，模樣也不漂亮，圓圓的臉上還有細密的斑點。她沉靜的性情中，又自有一種直指人心的靈性，知道什麼時候該用什麼樣的方式去愛你、疼你、關心你，也死死地鉤住你。

辦證時間只須三個月，我再次回到深圳，卻是半年以後的事情。上帝創造這個世界，只須六天時間；半年，得發生多少事情？

家裡給了我回深圳的路費，打麻將輸了，想再贏回來，卻輸進去更多，五六百吧。半年裡，我都被這事困擾著——後來，向一個在菜市場殺雞賣的同學求助，才得以解決

——寫給梅子的信中，我隻字不提。我給她寫了很多信，告訴她，我們那幫子一起高考落榜的同學，每天都是怎麼瞎混的。

學生的身份剔除了，世界就會是另一個模樣。家人會讓你做這個、那個，做不好就得劈頭蓋臉罵你。旁人呢，每一個認識的，差不多都會為你操心，問你以後有什麼打算，逼迫你去思考各種問題。為了避開他們，我們早出晚歸，白天在縣城四周的山裡鑽山洞、爬樹。我說的是我的同學們，鑽山洞是為了進到裡面跟女朋友親熱，爬樹一般是為了吃上各種野果。到了晚上，我們把各自的女朋友送回到她們父母身邊；一幫男生，會找地方躲起來，喝酒，打牌，唱鄭智化的〈水手〉熱望未來，也用他的〈麻花辮子〉發洩情緒。當一城的人都已入睡，我們還留在街上摔啤酒瓶子，聽碎玻璃片在水泥路面上滑行時的「叮叮」聲。

「哦……吼……」我們拖長強調，向著夜空發聲。

我在信中告訴梅子，如果她在家，我們的日子差不離也是這樣的；而這樣的日子，我和我的這幫同學們，高一時就開始過上了。我們這山裡小城的世界，跟梅子置身的深圳，根本不在一個空間，從來都是這樣。我們這個空間，你可以通過瞎混過完一輩子，深圳卻不一樣。我一週會給梅子寫一封信，還偷偷去到建設西路七十六號觀察她家人的生活，然後把各種細節告訴她。她從不回我信，除了初初那一次。那一次，我告訴她，她媽媽得痔瘡，住院了。她爸爸喝得爛醉，往醫院送飯，在路上摔了個狗啃泥。

「我太忙了，忙得都沒了時間去寫信。」她是這樣告訴我的。

我沒告訴梅子我的回歸。

我到深圳的時間正好是大中午。

太陽明晃晃地烘烤著南粵大地，什麼也不用做，光站著，也會大汗淋漓，再多站一會兒，就暈了；熱氣從身體有窟窿眼的地方，還有腳底板，灌進人身體裡。大巴車直接把我放在鳳凰加油站公交站。我爬上加油站後面那個緩坡，進入到工業區，在一家小賣部買了一瓶汽水喝下去。休息夠了，這才用公用電話打給梅子，告訴她，我已經到深圳了。電話打到她們部門的辦公室，讓她的同事轉告坐在流水線上的她。過了一陣子，她的同事再打回來，告訴我她說了什麼。

「她說，」她的同事說，「她讓我先罵你一句。」

「罵什麼？」我還沒搞明白情況。

「他媽的，怎麼不提前說一聲就來了。」她的同事說。隨即又說：「這是她的原話。」

「還說了什麼？」我說。

「她要你一邊待著去，她晚上還得加班，晚上九點以後才能出來見你。」

我看了看錶，要見到她，還得等上九個小時。我想把行李放到五元店去，立即著手找工作，卻又怕丟了。那裡面，南來北往的人進進出出，隨手見到什麼拿什麼，一點也不跟你客氣。這麼想著，我放棄找工作的打算，又買一瓶汽水提著，在小賣部後面找一條小路，彎彎曲曲走到鳳凰加油站後面一塊開闊的空地裡。空地雜草叢生，被加油站和油站邊上的廢品收購站隔著，在國道上根本看不著。

雜草這裡壓倒一片，那裡壓倒一片，像一個漩渦，連著又一個漩渦。草叢中，除了啤酒瓶和汽水瓶，更多是使用過的避孕套和揉成團的紙巾。可以想見，這片草地上，這片熱土裡，每天晚上，會有多少工業區裡不加班的男男女女跑進來，在肉體的擠壓、摩擦中，發出卑微的呻吟。雜草中除了野合垃圾，還能找到捲好藏於某處的涼席和衣物；是找不到工作，又沒地方住的人藏下的。一般情況下，沒有人會去動這些東西，山南海北匯集起來的共和國人民，在這一點上，有著樸素又動人的情懷。

我展開某一個人的席子，在陰涼處，用行李枕著，美美睡了一覺。睡著之前，我還預想了一下，半年不見，我和梅子的見面，該是如何感人的一個場景。我甚至想著，如果她是一個人來，我們還會在她回廠之前，再次來到這片草地，一解相思之情。不過，現實卻不是這樣的，一點都不如我想像的那麼美好。

九點半，我準時出現在中午打電話的地方。中午梅子交代，她會到那兒來找我。還沒到時間，就看到他們三個人，麗萍、梅子，還有一個我不認識的年輕高大的男子；男子走在他們兩人中間，三人一路上有說有笑，穿過人流，朝我走來。見到我了，梅子臉上的表情馬上僵住，冷冷地說：

「你怎麼不提前說一聲？」

「說不說，不都一樣要來？」我看著她，想笑，沒笑出來。

他們三人都穿著工服，看著有些傻氣，但整潔、乾淨，有著一種來到世間走一遭，對許多我尚不知道、不明白的事情稔熟於心的氣度。與之相比，我猥瑣很多，渾身酸臭，衣衫邋遢，還滾了一身的草。思及這些，不免心生悲涼，再想到一個你所愛的人能給你這樣的感覺，又涼下去半寸。

男女之間，大概都是這個樣子。心如水一樣，丟一個眼神進入，能看到漣漪，能知深淺，還能明辨水質的好壞。梅子可以帶麗萍來接我，但還多帶了一個男人。「這是一個老鄉，我們廠的。」她這樣給我介紹那個男子，卻不告訴對方我是誰。我在一瞬間就把心放下了，就是不管不問，並面對，且接受一切的意思。家在幾千公里以外，隔著一百八十多個日子，我得允許什麼事情都能發生。

「你吃飯了沒有？」麗萍問我。

「沒有，」我說，「不餓。」

「那你先去旅店休息吧，休息好了，明天好找工作。」梅子說。

「我也是這樣想的。」

我提著行李，跟在他們三人身後去到五元店裡。他們只是在樓下看著我，我才開始爬樓梯，他們就離開了。我站在陽臺上，看著他們的身影消失在人流中。工業區裡燈火輝煌，每一條道路，都擠滿了穿著各種顏色工服、胸前帶著各種工廠標誌的年輕人。站那麼一小會兒，就能把共和國的各種方言聽個遍。方言千奇百怪，與道路邊上的工廠車間裡，發出來的機器轟鳴聲混雜在一起，成就一個超於巴別塔的神蹟。我剛想轉身進屋休息，又聽到樓下有人「禹城，禹城」地叫，低頭看，是麗萍。她提著一個白色的塑膠袋子，袋子裡鼓鼓囊囊的。

「我給你打包了個炒粉，還帶了兩個蘋果。」她說。

我下樓去接過食品，向她真誠地道謝。她一副欲言又止的樣子，我就站住不動，微笑著看著她。她又說：「別怪梅子，她耍小孩子脾氣吧。」

「我知道。」我說。

麗萍說：「那你休息吧，我回廠了。」

「我想你幫我保管一下行李，」我趕忙說，「我找到工作了，再來拿。」

「好啊。」麗萍笑出了顆小虎牙來。

我上樓去到陽臺上取下行李交給她。

看著麗萍再次走開，我真想叫住她，告訴她，說不定哪一天，我會愛上她了。她很瘦小，臉上顴骨過高，按我們家裡的傳統說法，叫寡婦相。她還戴著一副深度眼鏡，取下眼鏡來，就是個瞎子。她的馬尾辮，黃黃的，也不怎麼討人喜歡。可那一刻，她讓我感到了從未有過的溫暖，這抵禦了我心裡不斷積累起來的一些寒氣。

我睡在五元店的床上，在一群陌生人的鼾聲中想，她要的是什麼「小孩子脾氣」呢？或許，她只是被這個花花世界迷住了。共和國的年輕好兒女都跑這兒來了，不管是生活還是愛情，她都有了無盡的選擇性；或許，再過上幾個月，我也會變得像她這個樣子。

第二天，找工作前，我去到梅子她們廠門前，想再看看她。很多時候，你去看某某人，就是去看看而已，跟你要看的人，可沒什麼關係，我那時的情景就是這樣。我去看梅子，就是想在她身上發現某種變化，可以把之前和之後的她拼接成同一個人的變化；然後把自己的心氣捋順，繼續過今後的日子。梅子知道我會來，她是我的戀人，依然停留在我心裡最為柔軟的地方。我們隔著她們工廠的大鐵門說話。我趕過來時，她坐在廠門前的院壩裡（這裡也是她們廠的露天餐廳），跟昨晚見到的那個男子及許多同事一起，吃早餐。

「對不起，」梅子說，「我最近心情不好。」

我正要說話，她又說：「你不要問，什麼都不要問，安心找工作吧。」

我點點頭，什麼都不想說了，只是看著她。她比以前瘦很多，臉上的雀斑也更多了，也比以前黑，再就是，眼神沒以前那麼透亮。以前，我可以在她的眼裡看到我自己，我的身影是一個十分清晰的輪廓，是她眼裡唯一的東西。而今，輪廓依然清晰，卻被許多我不明白的東西纏繞著，我得去尋找，也不一定能分辨出自己來。我轉身走開時，聽見她在身後說：

「你的工作穩定了就來找我，這段時間我們趕貨，天天加班，一點時間都沒。」

我回身，對她點了點頭。

我認識一個男子，叫管勇，是我在深圳認識的第一個朋友，他也是我的老鄉。他很高大，背近似駝，眼睛和頭髮都黃黃的。他的眼角時常會有白白的眼屎，看著邋遢，這也是女孩子不怎麼喜歡他的原因。

一家五金廠招搬運工，人事小姐懶得出來，讓門衛把第一關。面對洶湧而來的人群，門衛都先問一句：「你會說白話嗎？」

「不會說白話的不要，」他問我時，眼睛冷冷看著我，並不接我遞過去的身份證。又說：「你會說白話嗎？」

對這個問題，我有些猶豫，不知道回答好還是不回答好。按我們老家的說法，白話就是謊話，而說謊話的，都是騙子。保險起見，我回問他：「什麼是白話？」

門衛不回答我，直接說：「下一個。」

「白話就是廣東話的意思。」一個聲音在身後告訴我，說話的就是管勇，回頭看著他時，他順溜著又說了一大堆。告訴我，很多工廠是香港人開的，香港人不會說普通話，為方便交流和管理，只得招會說白話的內地人。他還說，他看到我的身份證了，知道我們是來自一個地方的。我馬上興奮起來，陰霾散盡，有一種找到組織、找到家的感覺。通過交流，管勇告訴我，他來深圳一年多了，一直在工地上幹。工地太辛苦了，想在工廠裡找一份不曬太陽、不淋雨的工作，都已在周邊幾個工業區轉半個月了。最後他告訴我，男孩子不好找，東華工業區那邊，有一家東華電子廠，人事經理是我們老鄉，可以隨時進廠，但一人得一百元的介紹費。幸好，我身上僅存著兩百大元，我們立即趕過去，交錢，辦手續，一氣呵成。再分頭，他回工地，我去找麗萍，拿上各自的行李，當晚住進了東華電子廠的員工宿舍。我把東華廠的地址告訴麗萍，讓她得空了就過去玩。

「好的。」她說。

麗萍站在她們廠門前，一直看著我走遠。燈火闌珊，相看著，都影影綽綽的。

我們兩個廠之間，至少隔著五里路，七八個工業區。

我和管勇在同一個車間，管勇分在包裝部打包裝，將成品運送到倉庫去存放，坐著電梯，拉著拖車，樓上樓下地跑。我在製造部，不坐流水線，做雜工，香港人叫「什工」；負責用滑輪車從洗手間拉來清水，清洗整個車間裡，用來存放半成品的天藍色塑膠箱子。箱子在流水線尾部堆放得整整齊齊，哪個流程的工人需要箱子了，招一招手，我趕忙給他送一個去。

我們的工作相對自由，也可以到處走動。流水線的人不一樣，動作慢一點，製品就會堵塞，不會有人來給你幫忙，各自的任務，加班加點都得自己解決。上個廁所，也得等拉長有空了，給你頂著，才能走開。許多人幹一整天，連個直著腰桿緩口氣的時間都沒。機器是冰冷，人是麻木的，說起話來，似乎都很熟絡，大部分都有著老鄉圈子，但除非是親人，不然，不會有人真心去關心一下你。

自己也上班，對流水線工作有了深切的認識後，我開始從梅子的角度，思考她的生活；尤其我離開的半年裡，是什麼給她的心靈帶來了巨大的變化。有差不多三個月的時間，我沒去找過梅子，她也沒來找過我。我每一天的工作和生活，都是在重複前一天：早上七點起床上班，午飯後在工業區綠化帶草皮上躺下休息半小時，又接著上班；晚飯後，還是在工業區的綠化帶草皮上躺下休息半小時，又接著加班。每天睡下時，差不多也是午夜。如此往返，什麼愛情啊，理想啊，全都是見鬼的東西，一點都不重要。

一個叫秋針的女孩，江西人，時常會過來找我說幾句話。她在包裝部做庫存統計，也是可以樓上樓下到處跑的人，管勇介紹我們認識的。得空了，她就跑過來，跟我瞎聊。我得空了，也會過去跟她說話。更多的時候，她站在一旁，呆呆看著我。父親是中學老師，會寫毛筆字，過大年或哪家有紅白喜事了，會找他寫對聯。平時手癢了，他就用廢報紙練筆。沒事，我也跟著他瞎比劃一番。時間長了，成了一種習慣。秋針喜歡看我用指頭當毛筆，蘸水在地板上寫字。

有一天，她告訴我，昨晚她夢到我了。我寫了很多她喜歡的字，要我送一副給她，我沒給，還把寫好的字全丟垃圾桶裡。於是，她在夢裡哭起來，醒過來，眼角還有淚痕。我想，她是喜歡上我了。在深圳，愛情來得容易，去得也容易；你都不用去考慮什麼，跟著生活的節奏走就行。

我小心翼翼地跟秋針說話，把握著分寸，不能讓她感受到，我也喜歡上她了。我是說，我還沒有喜歡上她，不能給她錯覺，至於以後，誰知道呢。看著她的時候，我想著的是梅子，我覺得，我和秋針之間的狀態，或許就跟梅子和那個年輕男子一樣，只是她走得比我要遠一些。秋針皮膚很白，剪齊耳的短髮，愛笑，一笑就有小酒窩。你什麼時候看著她，她都一副歡天喜地的樣子。就是眼睛太小，嘴也太小。

大家熟絡後，秋針就加入管勇和我的行列，午、晚餐後，一起去到工業區的草皮上休息，慢慢吃著零食；其實是鍋巴，管勇悄悄從飯堂的灶臺上撿來的。黃錚錚的，嘎嘣脆。在之前，我們一般大大咧咧地躺著，讓體力儘快恢復，養精蓄銳，應付晚上的加班。她加入後，就只能正兒八經的坐著聊天了，零食也是不能吃的。說各自家鄉的事情，說各自都喜歡什麼樣的明星。有時她還會唱歌給我們聽，她唱田震的〈野花〉和周華健的〈風雨無阻〉。管勇喜歡的是王傑的〈心痛〉，可惜，他還沒經歷過自己的愛情，唱不出那種味道。晚上不加班的夜晚，秋針還會買水果提著，來我們宿舍；話說是要看我用手指頭寫字，但我在宿舍裡只會看書，或聽收音機；《夜空不寂寞》的節目裡，主持人會讀這樣那樣的聽眾來信，講述的也是我們身邊的事情。她每次來，都坐我的床上，這意思，連管勇都看出來了。

「媽的，」管勇在她離開後對我說，「人家喜歡上你了。」

我笑而不言，有些事是禁不起說的，一拿出來說，就成了個事。只要成了事，說得多了，沒有的，就變成了有，假的也會變成真的。

「你就美吧，」管勇又說，「媽的。」

發工資那天，我買一條白底印花的無袖連衣裙提著，找到了梅子廠門前。她對我還是愛理不理的，低垂著眉眼，看著自己的腳尖問我有什麼事。我把裙子遞給她，她也收下了。

「還有事嗎？」她的頭還是低著的。

「我想跟你談談。」

「說吧。」

「這裡不方便。」

「要去哪裡？」

我抽身往鳳凰小學的方向走，學校下面有一塊蒿草叢生的草地，跟鳳凰加油站後面那一塊連在一起。梅子跟在我身後，一直走到了雜草叢中。其實也沒什麼好談的，兩個不知睡了多少次的人，是根本不需要用語言去交談的。

進入草叢，我轉身抱住梅子，又被她使勁用力推開了。她著急發狠了，眼睛睥睨著我。這是我沒料想到的，不是她不讓我抱，而是那種眼神裡的陌生感，跟我認識的梅子完全不是同一個人。我走近她，不容分說繼續抱住她，她卻對我又抓又咬的，在我肩膀上留了個一個月都不能消腫的牙印。我只是想讓她感受一下曾經的溫暖，但她已經不需要了。她推開了我，還把我送給她的裙子丟給我，一溜煙跑回了廠裡。

梅子跑了，留我一人在野地。

我躺下來，用還沒開包裝的裙子枕著，第一次想到了死亡。我們從初中開始就在一起了，相互間的愛，是一種深入骨髓的親情，是彼此生命的相互印證。將要永遠失去她的念頭，確實讓我想到了死亡。我就想，什麼也不做，只需要繼續躺在那裡，不消幾天，氣息一點一點的滲透地下，人就沒了，滋養著花花草草什麼的。再過幾個月，剩下的就只是一些精緻的白骨。「白骨」，這兩個字眼的寒光讓我渾身戰慄起來。轉而想想，何必呢，你從這個人身上失去的，就會從那個人身上得到，這個世界永遠都是公平的，只是你不知道。

我不是說秋針，一個人的情感世界裡，除了愛，還有其他狗屁東西。

秋針請一個星期的假，回了趟江西老家。回來時，給我帶了許多江西特色小吃，有艾草皮乾、柚子皮乾，還有月亮花生巴等等，放我滿床都是。她說：

「我媽讓我帶給你的。」

那時，管勇我們三人正在爬鳳凰山，坐在半路的一個涼亭裡休息。陽光穿過濃密的樹蔭，斜斜打在她揚起的下巴上，你都能看清她下巴上，每一根被汗水洇濕的汗毛。

「你媽又不認識我。」我說。

「怎麼不認識？」她說，「我什麼都給她講了。」

「你講什麼了？」

「我們的關係。」

「我們什麼關係？」

「告訴她你是我男朋友啊。」

「你可別嚇我。」

「難道不是，你都把我帶來的東西吃了。」

「我是有女朋友的，只是沒告訴你而已。」

「我知道啊，你們不是吹了嗎？」

「這都誰告訴你的？」

我有些吃驚，關於梅子的存在，我從未向任何人提起，哪怕是兄弟一般的管勇；而秋針竟然知道，我後來多次問過她，她說：「我就是知道。」至於是怎麼知道的，她從來不說。這是千古之謎。事到如今，我不得不十分嚴肅對待這個問題。這不是說我還沒有走出梅子的陰影，而是我已十分確切地感覺到，我這一輩子都不可能娶秋針做老婆的，這出於一個男人的直覺，是流在血液裡的，是無形的。既是這樣，就得讓她早一點知道，以免陷得太深，受到傷害。我十分婉轉地，換一個方式，把這個意思告訴了她。

「我不管，」她說，「你不愛我，我愛你，總可以吧。」

秋針從身後，一下抱住了我。管勇見狀，撒丫子跑了。

此後，秋針像個小尾巴，跟在我的身邊。下班了，在廠門前等著你；吃飯後，跟著你去草地上休息；晚上不加班了，就坐到你的床上去，或者拖著你跟她一起去看電影。她用行動，混淆了現實，告訴所有人，她就是我的女朋友，雷打不掉的。就是這樣一個義無反顧的人，卻在梅子再次出現在我的生活裡時，偷偷卻步了，隱沒了，只有一雙眼睛，在遠處默默地顧盼著你。我從來沒告訴過她，她是一種救贖，是一種美好的存在。每次念及她的名字，我都會在心裡給她深深地鞠上一躬。

在我帶著肩傷，默默飲泣的日子，以及之後的每一天裡。

也就是這種新常態即將形成的某一天，下了班，秋針一個人走了，沒有等著管勇和我下樓就自己吃飯去了。我用眼睛在鬧哄哄的人群裡掃視、檢索，這才發現，原來是梅子來了，她的身邊，站著的是麗萍。我不知道，梅子和秋針之間是否真的認識，或許她們有著一種女人才能相互感知的神祕通靈。

見我走過去，麗萍笑了，我又看到了她的小虎牙，夕陽下亮晶晶的。梅子的神情有些淡，眼神躲躲閃閃的，隱含淚意。我剛走到她的身邊，她就伸出手來，把我的手緊緊抓住。那一晚，我沒去工廠的飯堂吃飯，也擅自離崗，沒回到工廠去加班。她們兩人一下班就過來找我了，我們三人在工業區裡，找一家川菜館，點三個菜，吃了頓飯。梅子一直在流眼淚，看著讓人心生憐意。

「有什麼好哭的？人不是好好地坐你身邊的嘛。」麗萍說。

梅子還是一抽一抽的，抬起頭來，正眼看著我，說：「我好想回家，我們回家吧，不在外面混了。」

「好的。」我摟著她的肩膀說。

她不是真想回家，我也只是順口這麼說說，我知道，她只是累了；打工打累了，心也玩累了，想找到家一樣的港灣好好休息一下。在深圳，她能找到的，只有我的心靈，那個一直給她留著的，最為柔軟的地方。她在茫然之中尋找，在迷離中奔突，折騰夠了，想回來了。你真要帶她去汽車站，買兩張車票說，明天就回家，她不再咬你一口才怪。

吃了飯，我送她倆回鳳凰工業區，走到鳳凰加油站附近，麗萍先回去了。我和梅子，相互摟著腰，十分默契地，朝加油站後面那片空地上的雜草叢中走去。我們褪去彼此的衣服，墊著，在草地上，在白白的月光下做愛。草地周邊，工業區輝煌的燈火和嘈雜的人聲離我們十分遙遠。我們用撕咬，用猛烈的撞擊，在彼此身體深處，激蕩出狼嚎一般的呻吟。完事了，我們依然裸著身子，在草叢中緊緊相擁，讓身體的氣息彼此融會貫通。我們很少說話，二十歲不到，找到了八十歲的感覺。這樣的感覺裡，過去近一年的時光是不重要的，那個年輕男子於我，秋針於她，也是不重要的。在此後的每一個週末，我們都會見面，都會來這片位於鳳凰加油站後面的草地裡做愛。

「你說對不對？」梅子叨擾著問。

「什麼？」

附近，傳來了另一對的呻吟。

游過來，游過去

「走開，走開。」我說。

我精疲力竭爬出游泳池，坐在為客人準備的靠椅上，在陽光不能曝曬到身體的地方休息。有許多稜角銳利的碎片，從我指頭上的傷口裡飛出來，跟隨著我。我一上岸，它們又將我團團圍住。我不時揮一下手驅趕著，還下意識降低音量，絮叨幾句。我能意識到我與常人的區別，我只是還不能肯定自己。

游泳池在兩棟高樓的夾角間。我曾在自己居住那一棟的樓頂往下看，它如一塊藍色雲朵的投影，精緻又靈動，似乎在隨著上升的氣流緩緩飄離地面。有那麼一刻，我十分確定，如果我往下跳，它一定會在我落地之前，輕輕將我接住。我的身體會在兩棟高樓間滑翔出優美的弧線，落水時的情形也將十分壯美。我一直沒這樣做，還有許多不確定的因素左右著我的思想。

游泳池邊，在夾角的頂端，是一塊三角形的綠地，青青的草皮上，長著幾棵枝繁葉茂的大葉梧桐，樹幹差不多有我的腰身那麼粗。幾棵樹的枝椏相互交錯著，如同一把巨傘支撐在綠地上方，偶有幾縷四月的陽光，在和風吹拂下，穿透濃密的樹葉，在綠地上留下斑駁的光影；還有一些，會投射到水裡，穿過水層，照射著游泳池天藍色的大理石瓷磚。

部分游累了的客人會去到綠地上去休息，在那裡喝水、吃東西，補充體力；還有一些陪家人或朋友來游泳的人，也會在綠地上玩耍。其中有一對父子，他們的笑聲將我的眼睛吸引過去。父親身材高大、厚實，背對著游泳池，坐在石條凳上。至於兒子，大概七八歲，穿著花格子襯衫和黑色短褲，在草地上跑來跑去。父親不時專注地看一眼手機，用指頭在螢幕上劃拉幾下。孩子像一條狗一樣奔跑著，去到綠地邊緣撿起一個足球，放在一塊相對平坦的草皮上，然後後退幾步，拉開架勢，用力踢回給父親。父親瞟著足球過來了，伸腿踢回給兒子。他踢得心不在焉，且是故意用力把球踢遠點，好讓自己有更多的時間繼續玩手機。孩子眼看著足球從身邊飛速滑過，無法接住，又得狗一樣地跑到草地邊緣去撿。

「這個狗日的。」

這種情形，讓我想到了自己的父親，不由得低聲罵出來。我不想看到那個孩子遭受折磨，就輕輕滑入水中，站一小會兒，等身體適應水溫了，才戴好游泳鏡，潛入水底，追尋那些透過樹葉穿越水層深入池底的光束。我游過去，接住一縷，把它往上推，看著它在手心裡滑動，一下又跌落到瓷磚上。我又奮力划動著去追逐其他光束。我再次將手伸出去的時候，感覺到左手的食指上，傳來一陣冰冷的疼痛。

「哦……痛……」一個女人的呻吟從水底傳來。

我縮回手指查看疼痛的地方，看到食指第一道關節上有一個白白的印子，一個還未痊癒的疤痕經水長時間浸泡後，痂已脫落，留下一個淺淺的口子。我用右手的食指去撫摸。疤痕像一條僵硬的爬蟲，有許多細細的腿腳伸向四周，完全迥異於周圍光滑潔白的肌膚。我的手繼續往上滑動，安靜地停留在她飽滿的乳房上。她拉過被子，蓋在我們的身上，說：

「我們錯過的東西太多了。」還是那個女子，還是她的聲音。

「什麼？」我說。

「美好的時光，最好的我，最美的身體，還有很多很多。」

「或許吧，那又怎麼樣呢？」

「我不想讓你看到我的身體了。」

「我知道，」我說，「我知道你在想什麼。」

我的手又滑回來，繼續停留在那道疤痕上。恍惚間，不知道自己身在何處，抬頭看，窗外的城市一片喧囂。樓下行人雜沓的腳步聲，還有過路車輛發動機的轟鳴聲，也一陣一陣傳來。遠一點的地方，正在修建幾棟高樓，比高樓更高的腳手架，在流雲飛動的天空構建出一個不太規整的「十」字，也在故土的高天上，橫切出一種意味深長的陌生感；再遠處，只有那兒，一抹山形暗淡的也是十分熟悉陰影，能給我一絲寧靜又平和的歸屬感。

「疼嗎？」我重新調整了情緒說。

「不疼。」

「當時也不疼？」

「打了麻藥的，不知道疼。」

「後來也不疼？」

「後來不都好了嘛。」

榮慧的面孔浮現出來，也像一個深入水底的、亮麗的光斑在我眼前晃動，我有些難以自持，明知氣息不足，也用力向她游去。她看著我，露出了淡淡的笑容。一如我見到她的當日。姐姐開了門，對她笑了笑，又回到廚房忙活去了。快吃飯時，母親在飯桌多擺上一副碗筷。我問了，姐姐才說，榮慧要來家裡吃飯。她們的關係非常好，彼此話不多，相互間的交流都掩藏在舉手投足中。一如當年，我們家裡的兩個如影隨形的嘉怡。

「回來了，也不告訴我？」榮慧說。

她在我身邊坐下來，莞爾一笑，話語淡淡的。我慌亂得手足無措，只好站起來，去給她倒一杯水。她接過去，呷一小口，就起身自己放回到餐桌上。她沒再坐下，而是陪我站著，頭歪在一邊，調皮地眨巴著眼睛，又看著我笑。

「還不是怕打擾你。」我侷促地說。

「你有這樣的想法就好了。」她說完，朝廚房走去，嘴裡喊道：「姐姐，給我準備什麼好吃的？」

我沒想過要見榮慧，她的突然到來讓我有些六神無主，等她隱身於廚房了，我這才想明白其中的曲折。有許多事情跟以前完全不一樣了，在我父親死後，在我不知道的時候。至於我們之間，疏離感完全是因為時間的關係，十幾年不見，出現在我眼前的她，容顏早已沾染上煙塵的味道和歲月的痕跡。一晃眼，她走開了，近在眼前，但我又記不得她當下的模樣了。我屏住呼吸走過去，站在門廊下看她。榮慧蹲在一籃子菠菜邊，緊挨著姐姐，兩個一起擇菜呢。我媽也在，她站在灶臺前炒菜，見我目不轉睛地看著榮慧，便對榮慧說：

「出去，出去，你們這麼多年沒見了，出去陪他說說話。」

榮慧扭頭看著我笑笑，沒聽我媽的。我回到沙發上坐下，把她剛才喝剩下那半杯水喝下去。喝完了，我又拿起玻璃杯仔細端詳，看到杯口上有一個口紅印子，是剛才榮慧留在上面的。她以前從不使用口紅的。我拿著杯子坐下來，不時能聽到榮慧在廚房裡與我媽和我姐打趣的聲音、炒菜的聲音、倒水的聲音。不一會兒，榮慧就端著一盤青椒炒臘肉出來了。我走過去，放下杯子，伸手要從她手裡接過盤子。她趕忙說：

「別動，別動，燙手得很。」

「你怎麼來了？」我挨著她站在餐桌邊問。

「你才看到我來啊？現在才問，」她說著話，放下菜了，還用手在我眼前晃動幾下，「你剛才睡覺去了？」

我媽和姐姐一人又端出來一個菜。

「站著幹什麼，你們都去端菜。」我姐喊了起來。

我們一起去到廚房，把炒好的菜端出來。吃飯時，她們挑幾個話頭，想讓我說點什麼，但我全無興趣，概不理睬。她們就一直在說亂七八糟的家長里短，都是周圍鄰居家裡或縣城新近發生過的事情。我一概不知，也接不上什麼話。只好自己給自己倒酒，一杯又一杯地喝著。我媽給榮慧不停地夾菜，姐姐就有意見了，說：

「都給她吃了？分不清哪個是你親生的？」說完，她自己就笑了。

「以後不想做飯，就過來跟我們一起吃吧。」我媽交代榮慧。

「那太好了。」榮慧說。

她們是故意把吃飯的氣氛弄得熱烈又融洽的，越是這樣，我就越難以融入。偶有個話頭，接下來又不知道該如何表達，人便一愣一愣的，或是呆呆地看著某一個菜出神，忽而又抬眼看一眼榮慧。榮慧會接我的眼神，但一直沒接著，我的眼神直接穿越她的身體，落在她身後的虛空裡。她就坐在我眼前，卻沒有出現在我視野末端的另一個她更為清晰。那一個她喜歡穿純棉的牛仔襯衫，還在下襬處打一個結，下身是純棉的印花半裙。整個人既有復古的魅力，又有英朗花俏的活力。看清楚了，我就把眼神收回來，發現眼前坐著的她，確也是這副模樣。

「你怎麼一點都沒變？」我問。

話題的突然插入，把她們三人都嚇一跳。

「你喝醉了？」姐姐說。

我沒回她的話，用手撫摸著自己的太陽穴，感覺酒精都跑那兒囤積著，讓腦袋變得越來越沉，在細軟的脖子上胡亂晃動，我都有些支撐不住了。我掙扎著，猛一抬頭，從水裡鑽了出來。我剛才在水底停留得太久了，還喝下幾口水，喉嚨在不停地痙攣。我爬在池邊一邊喘氣一邊咳嗽。咳嗽聲響亮、刺耳，向四周傳遞一種撕裂的感覺，這在處處歡聲笑語的游泳池內一點也不和諧。

許多人轉過頭來看著我，那個將兒子當狗一樣耍弄的父親，也從手機螢幕上抬起頭，頗為不悅地看著我。我對其他人不屑一顧，只怒氣沖沖地回敬他一眼，隨後又面含怯色地收回來。他的國字臉、八字眉、高鼻樑、厚嘴唇，還有臉上凜然的剛毅之色，讓我十分熟悉，也十分害怕。他的威嚴和炙熱的陽光，讓我瞬間渾身酥麻，奇癢無比。便爬到岸上，又找一個陽光照射不到的地方坐下來，仔細地抓撓自己的身體。

「你這樣下去會死的，小弟。」姐姐說。

「我知道，姐姐。」

「我們買一個浴缸回來，你在家裡泡澡好不好？」

「水太淺了，它們還是會找到我的。」

由於身體失水過多，我的皮膚變得蒼白又皺巴巴的，指尖、足尖還密布著許多白色顆粒狀的小水泡。姐姐每天晚上用潤膚霜將我的全身擦拭一遍也不頂事，我看起來就像一條刮去魚鱗的已經死過好幾回的大魚，躺在床上就跟在水裡一樣一動不動。

「你就不能不去嗎？你要死了，我也不想活了。」姐姐心疼得把我摟在懷裡。姐姐從內地過來照顧我一陣子，現在她回去了。她的兒子六月要參加高考，遠比我更需要照顧。

離職之後，我什麼也沒做。偶爾去看看醫生，其他時間都用來游泳，確切點說，是躲在水裡。瞭解到潛水對我的重要意義後，另找住處時，我唯一考慮的，是社區必須配有游泳池。至於房屋是否寬敞，裝修是否漂亮，對我來說，是毫無意義的。我要的只是一個可以睡覺的地方，有一張床就可以了。

只要游泳池不關門，我可以一天二十四小時都待在裡面。我跟其他人不一樣，蛙泳、蝶泳、自由泳，有許多的花樣。我只是憋足氣，輕輕地滑到水中，在深水區安靜地待著。不是那種嚴格意義上的游泳。有些人受到驚嚇時，會躲到自家衣櫃裡，或灶臺下。水就是我的衣櫃和灶臺，躲到水裡，我自己也就消失了。我不怕別的，只怕我自己。

我也有玩花樣的時候。追逐穿過樹葉透進水底的陽光，或是將肚子輕輕貼在水底的天藍色大理石瓷磚上，雙手平行伸展開，翅膀一樣輕輕划動著對抗浮力。救生員坐在泳池邊的一個高臺上，不時瞟我一眼，他知道我是在玩一種屬於自己的寂寞遊戲。第一次來游泳，我就嚇了救生員一跳。他們——包括其他來游泳的人——看到我身體的姿態既舒展，又僵硬，還長時間在水底一動不動，以為我已經死了。救生員一個猛子扎進水裡，撈著我的頭髮把我拉出來。我用疑惑的眼神看著救生員，說：

「怎麼了？」

「你怎麼了？」救生員說。

我沒有回答，用眼神示意他放開手，又安靜地回到水裡。

我喜歡這種感覺，一個人，在相對靜止的狀態裡，在充分的自由裡，感受一種不一樣的存在。還有那種由窒息所帶來的暈眩，一如神諭裡的天惠時刻，讓我的身體短暫失去控制的同時，也遠離了那些紛紛擾擾的雜念。它們像我用腦袋撞碎的玻璃碎片，閃著光，不停地在身邊纏繞、飛舞，稍有不慎，就會將我的身體割裂。只有待在水裡，那些玻璃碎片才找不到我。為安靜待在水裡所做出的努力，也會將那些玻璃碎片引向別的地方。一直到我的氣息不夠用時，它們又才會發出迴旋的閃光紛飛回來，帶著往日的時光，帶著一些鮮活的面孔，在我的腦海裡自由拼接。這時候，我的小腹就會鼓鼓囊囊的，生殖器也會在一種酥麻的感覺中痙攣起來，不自由主地往水裡排泄淡黃的尿液。

每次浮出水面，我的臉上都會掛著一種無可奈何的憂傷，眼睛裡還有淚意。就像醫生告訴我，我的問題所在時那樣。醫生說：

「你所陷入的抑鬱、焦慮、負罪、失眠，還有不能控制的自殺念頭，都來自於你的心靈，最終它們也會在你的心靈裡消失。你知道嗎？心靈，你只意識到心的存在，但你感受不到你的『靈』了，所以才會這樣。」

醫生後來的解釋只會讓我的思維越加混亂，更是難以理解他到底說的是什麼意思。我的腦袋不由自己控制了。我此前供職的公司老闆就是這麼說我的，在我向她提出辭職的時候。她說：

「你現在頭腦混亂，只是匆忙做了一個不理智的決定。對公司有什麼意見，你可以向我提出來，哪方面的都行，至於辭職，我希望你再好好考慮考慮。這樣做，對公司不負責任，對你自己也不負責任。」

我在她公司做了十年的採購經理。據她所說，在我之前，她幾乎每一年就得換一個採購經理。她還說：

「他們都貪欲太強，以至於失去了原則。」

作為採購經理，每年通過我採購的電子元件和設備價值七八千萬。我是上游供應商的上帝，是他們的神。我的一句話、一個字，就能要了他們的命。可謂是風光無限，威風八面。我不是說自己有多麼好，不會伸手拿任何東西。說起來，我在觀瀾那邊所買的房子，完全就是一個供應商全款支付的。不過，這事一直到他把房產證交到我手裡，我才知道。我屹立不倒的法寶在於我總能把握住一個度，在公司利益與供應商的利益之間掌握著微妙的平衡。不管合同款項大小，價格都交由老闆審定，且在未簽之前，哪怕是一支煙、一口水，都不會去碰供應商的。合同簽訂了，那又是另一回事。

這些，作為老闆，她是清清楚楚的，在我這個職位上，你真一分不拿，不太現實；時間長了，人家反倒不敢跟你合作；把握不住你，以為你是一個無情的人，隨時都能斷了他們的口糧，讓他們手足無措，瞬間崩潰。對於自己的老闆來說，心裡也會合計，只要你能優先考慮公司的利益，向外伸多長的手，可以不管不問。再說了，換一個人，說不定比你還伸得長；不但向外伸，還要向內伸呢。

對於辭職，不但老闆高薪挽留，妻子也是竭力反對的，覺得我不可理喻。普通白領幹十年，還不及我一年的收入。我在這個崗位上幹十年，不但在深圳買了房子，還在家裡的縣城給父母換了一套面積更大的房子，讓我父親從此對我刮目相看。憑藉我一人的收入，就能讓我們一家過上舒心又安逸的生活。

「如果父親還在，你就不會這麼做的。」妻子憂心忡忡地說。

她一說起父親，我就會對她冷眼相向。

「你們都是一路貨色。」我說。

「你這是什麼意思？」她一下激動起來。

「沒什麼意思，」我說，「他死了，他已經死了，就是這麼簡單。」

「所以你可以為所欲為了？」

「我是冷靜思考了的。」

「置一家人的生活於不顧，這就是你想要的。」

「我知道自己想要什麼、不想要什麼，這就是我辭職的原因。」

「我看你是連這個家都不想要了。」

「我……」

「能告訴我什麼是你想要的嗎？」她的態度柔和起來。

「我還沒想好。」

「你不用想了，」妻子說，「我幫你說吧，我看你一定是在外面有人了。作為女人，我能感覺得出來，尤其是我們做愛的時候。如果你只是場面上的玩玩，我可以不在乎，如果你的心已經不在這個家了，那我們就得坐下來好好談談。」

說的是做愛，我還以為是香水呢。施輝慧喜歡用一種名為「時代的氣息」的法國香水；淡淡的一種近似夜來香的味道，幽幽的，帶著她身體的氣息，一起在空間裡縈繞。能進入人的鼻息，也能進入人的神經，讓你一眼看到她，便有一種沉醉後的意亂情迷。她提醒過我，應該在轎車的後車箱裡備一套衣服，每次回家前，提前換上再進門。我一直是這樣做的，哪一天忘記了，便會在樓下的小賣部，買一瓶二兩裝的二鍋頭灑在身上，掩蓋住時代的氣息。

「我只是累了，狀態不好。」我說。

我在池邊的陰涼處，休息都快半小時了，還是氣喘吁吁的，不停地咳嗽後，喉嚨開始發緊、乾澀，像被一根線在往腹腔內拉扯著。我需要補充水分和能量，我帶來的一瓶脈動和一罐紅牛都喝完了。我想回到燒烤場邊自己取水的時候，施輝慧就過來了，不過拿的不是水，是半瓶已經加了冰塊的軒尼詩。她穿著豹紋比基尼，又在肩頭隨意搭一塊裸色絲巾，神采奕奕地走到游泳池邊，站在我的身旁。我扭頭看著她緊致的小腿和光滑的略微下陷的小腹，內心裡蠢蠢欲動。

「不能光游泳嘛。」她搖晃著酒瓶，瓶裡晶瑩的冰塊嘩啦作響。

她喜歡留長髮，但從不披在肩上，而是貼著頭皮往後梳，在腦後用一個黑色的網兜綰成一個髻。這讓她玉潤的脖頸修長之外，更添了一種靈動的媚態。她告訴過我，她是整過容的，不過只是墊了一下鼻樑，皮膚也是做過鐳射美白的。此後一看到她，我就覺得是在意味深長地欣賞著出自某個大師之手的藝術品。一邊看，心裡頭一邊由衷地讚歎。我從不掩飾對她的喜愛，尤其是她那雙眼睛，忽閃忽閃的會說話，有時還要伴著某種欲說還休的嬌羞，這為藝術品注入了靈魂，也讓她整個人都有了一種攝人心魄的美。

我只是看著她。

「吳總說了，要我招呼好你呢，不然就要懲罰我了。」她又說。

「他說要怎麼懲罰了？」

「他說怎麼懲罰你說了算，你可別害我哦。」

「你要我怎麼做？」

「喝酒啊，我陪你喝酒。」

一個帶白帽子的中年廚師朝我們走來，他大腹便便的，人又胖，看著像彌勒佛，他樂呵呵的神情也像彌勒佛。他一路走著，身子下拖著一個奇形怪狀的邪惡的陰影。廚師端著一個盤子，裡面有兩個高腳酒杯，還有一些烤熟的在燈光下散發著熱氣的雞腿、韭菜和羊肉串。他只是把盤子遞給我，不說話。我伸手拿杯子時，才看出來是吳總，他正一臉壞笑地看著我。他今天扮廚師，殷切地為大家服務，我趕忙爬上來，說要跟他喝一杯。

「要喝的，要喝的，」吳總哈哈大笑，說，「被你認出來了。」

看著一個身價上億的老總扮成這樣到處跑，再想像著他坐在寬大的辦公室裡的威嚴模樣，真讓人忍俊不禁。我跟他碰了杯，喝下去，相互客氣幾句後，他又回身去拿烤好的食物，服務其他客人去了。臨走，還不忘拿出老闆的派頭回頭交代：

「小施，你一定要完成任務啊，酒有得是，我讓人再給你們送來。」

「放心吧，吳總。」施輝慧回頭看著我說：「聽到沒？我是任務在身啊。」

「你下來吧，」我說著又下到水裡，「我們在水裡喝。」

「我怕水髒。」

「松山湖抽上來的水怎麼會髒呢？你看，那麼多人在游，你擔心什麼？」

松山湖在東莞，我們從深圳過來，開車得一個多小時。

吳總是我們的供應商，他在這裡買了一棟兩千多平方米（約六百零五坪）的帶私家游泳池的別墅，剛裝修好，入厝當天，順便舉辦一個燒烤酒會。別墅庭院被各種彩燈妝扮得美輪美奐，低徊的輕音樂演繹著盛世華年的樂章。形形色色的人都來了，三三兩兩聚在游泳池邊的綠化帶上聊天、吃燒烤。每一個人都淺笑盈盈，一臉饜足。廚師和服務人員是在當地的一家酒店請來的，服務員全是標致的著三點式的高挑女郎，不過只負責陪客人游泳、聊天，也做點別的，完全是看個人喜好。端茶送水的另有他人，施輝慧說，都是他們公司的員工。吳總安排來招待我那一個，被我打發走了，我做不到跟一個無法深入交流的女人在大庭廣眾之下卿卿我我，打情罵俏。我會緊張，心裡發怵，不想讓人看到我的一臉窘相。

「你怎麼不找個美女來陪？」施輝慧說。

「你不是美女嗎？這裡頭我不知道還有誰比得過你。」

「話雖中聽，但我可不下來陪你游的。」

「又怎麼了？」

「松山湖的水再乾淨，被這麼多臭男人一泡，也乾淨不到哪裡去了。」她說著話，用手指在游泳池裡四下指點。

「你這一巴掌夠狠，連我也打了。」我順著她指點的方向，看到游泳池裡，一些白白的身體絞纏在一起。

「不包括你……」

施輝慧丟給我一個眼神，我接住了，掂量，掂量，明白她說的是真的。我說：「為你這句話，我們得乾一杯。」

「好吧，滿上，我的任務遲早也要完成的。」

「別說什麼任務了，不是真心想跟我喝，你表示表示就可以了。」

施輝慧又丟了一個眼神給我，我們相視一笑，輕碰一下杯子後，把各自的軒尼詩一飲而盡。我們默契地往一個相對僻靜一點的角落裡走，在那兒的兩把靠椅上坐下來，瞎聊，偶爾碰一下杯，又是一飲而盡。施輝慧告訴我，她大學畢業後，應聘過空姐，但沒成。來深圳後，賣了幾年保險，但身無分文，賺的只是人脈。是一個客戶幫忙介紹她給吳總當祕書的，一幹就是好幾年。其間也短暫離開一個多月，那是被一個所謂的星探給忽悠的。那人在東門步行街上攔住她，直誇她身材好，有款，有型，有氣質。末了說自己是新絲路公司的星探，要挖掘她去當模特。她信了，辭職去幹了一個多月，才發現是假的。那人只是帶著她們一幫懷揣明星夢的女孩四處走秀，比如樓宇開盤或服裝店新品上市這一類，賺到的錢卻全裝在那人的腰包裡。她只好又回到吳總的公司裡，求吳總繼續收留她。她說現在心踏實了，不發白日夢，也不會再做那些不靠譜的事情了。最後她總結說，自己的經歷不算坎坷，但也看盡人間百態。

「喝酒吧，」她意猶未盡地說，「酒才是好東西，能暖心暖肺。」

酒會開始前，出於禮節，我跟吳總及其他幾個熟人每人喝了一杯，現在又跟施輝慧連喝好幾杯，軒尼詩雖才四十度，喝多了也上頭，一上頭我就犯睏，只得不停搖頭，強打精神。

「你是醉了還是累了？」

「都有點。」

「我不信。」

施輝慧說著，把手輕輕捂在我的額頭上。我抬頭去尋找她的眼睛，她卻把頭低了下去。

「你這是餓了，誰讓你空肚子喝酒的？……我再去給你拿點吃的。」

她離開後，我又下到游泳池裡，從這一頭游到那一頭，然後潛水回來，腿在水中踢騰時，不小心碰到一個人。我趕忙浮出水面向她道歉。岸上，有兩雙眼睛對我怒目而視，是那對父子，那個玩手機的父親和他的兒子。我低聲對那個婦女連賠不是。她戴著黑色的游泳鏡，我看不清她的表情。她對我的誠惶誠恐不做任何表示，只是轉身朝她的老公、兒子游去。我繼續下潛到水裡，一口氣游到了岸邊，正好，施輝慧用盤子端著一些烤好的食物回來了。

吃完東西後，我回到房間裡，又累，又睏，卻怎麼也睡不著。我努力想像她的樣子，但她的臉始終模糊，像一張落滿塵埃的發黃的照片，只有她輕盈的背影，在我的腦海裡飄過來飄過去。她們三人又回到廚房，一起洗碗，繼續相互打趣。不一會兒，我媽進來了，說：

「回來這麼多天，你天天待在家裡，怎麼不出去走走呢？」

「是啊，小弟，」我姐在客廳裡說，「你出去看看，我們家裡比深圳發展還快，你這麼多年都沒回來，現在出門怕都認不得路了。」

我明白她們的意思，何況，我也該出去透透氣了。我走出房間，看到榮慧站在我姐身邊，帶著淡淡的笑容看著我，坤包跨在肩上，她是在等我呢。我徑直走過去打開門，我姐又在後面說：

「榮慧，別把他丟了啊。」

我沒打算要去任何地方，下了樓，我就在站樓下，等榮慧跟上來，她問我：

「想去哪裡轉轉？」

「不知道，」我說，「你走哪裡我就跟到哪裡。」

「那好吧。」她鼻子一哼，笑出聲來。

「你走前面。」我說。

「為什麼不一起走？」

「不為什麼，你走前面，我一會兒再跟上你。」

榮慧聽話地往前走著，朝著建設西路的方向。我不只要跟上她，我還要跟上時間，她不是十幾年前的她，不是我心裡的那一個人。我得跟上時間再跟上她，才知道自己應該跟她如何交流。我一路看著她的背影，還是那麼嬌小、單薄，像是從畫片上剪下來的。要說她是在走路，還不如說是被風吹著在路上飄呢。又或許，她只是我心裡的一道暗影，此刻被時光投射出來了而已。

「你一點都不真實。」我慌忙跟上去說。

「你看夠了？」

「我終於把你認出來了。」我說。

「你怎麼還那樣啊！」

我笑而不答，跟著她繼續往前走。建設西路的盡頭，是舊城與新區的分界線。我們朝右岔向一條雙向兩車道的水泥路，這條路，以前只是一條彎彎曲曲的田間小道，現在被拉直、拓寬、硬化了，上百畝的水田上沒了稻子，只有鱗次櫛比的高樓大廈。新區這邊，高樓大廈的玻璃幕牆，在四月的陽光下閃爍著耀眼卻又生冷的光芒。舊城這邊，鴿群在低矮的房屋間穿插飛舞，固守著一種生活的暖意。這條路的盡頭是東門河，東門河繞城而過，一條小路伴隨她一路蜿蜒曲折，我們沿著這條路一直走到一起上高中時的學校門前。這條路，那些年月，我們幾乎天天一起走，走了上千天。在這條路上，我們有許多的約定，比如組建一個家庭、合出一本詩集、一起去北京看毛主席，當然，還包括生一群孩子，我們甚至連孩子的名字都想好了。但是，沒有一個是我們能兌現的。走到一半時，我們都留下了眼淚，我把手輕輕放在她的腰上，她把頭輕輕靠在我的肩頭。我們相依相偎著，隔著一扇大鐵門（以前還沒有）看著學校操場上的學弟學妹，他們一如我們當年，在操場上撒歡玩遊戲，一張張青春洋溢的臉在四月的陽光下熠熠生輝。離開學校，我們走上了一條通往山裡的路，來到一片濕地松林裡。這裡是我們縣城的最高峰，站在這兒，可以看到縣城的全貌。這片松林，當年十分偏僻，鮮有人跡，是我們兩人的天堂，現在卻變成遊客的天堂了。許多人家會帶著食物來這兒野炊，吃飽了，便在林邊的一個小湖泊裡游泳，或在滿地金黃的松針枯葉上睡大頭覺。往日的一個週六，我們也帶著食物來這兒野炊，吃完了，我們也在松針上睡覺。四月的陽光透過枝頭的松葉，紛紛揚揚灑在我們身上。我們和衣而眠，聽任身體的呼喚和熱血的指引。就是在這片濕地松林裡，我第一次親吻了一個女孩，還把手輕輕地放在了她的雙乳上，輕輕地握著。她為我敞開了自己，但我沒有進行下去。我的腦海裡響著「劈劈啪啪」的聲音，讓我覺得非常噁心。我努力讓自己平靜下來，告訴她，等我們結婚了，她再把自己全交給我。

　　紛繁的思緒和酒精的作用，讓我全身躁動起來，模模糊糊中，我把手伸向下體時，發現它已經被握在另一隻手裡。我突然驚醒過來，以為自己又被吳總安排照顧了，但鼻息間的清幽香味即刻讓我冷靜下來。屋裡光線很暗，沒有開燈，只有月光透過紗窗，灑下朦朧的一絲清輝。我閉上眼睛，任由那個把住我下體的人玩弄我的身體，並任由它淪陷在無聲的虛空裡。時不時，她的身體會抬起來，傾過來，在我的耳邊輕輕地吹著氣，玲瓏的身體曲線映現在牆壁上。

這是一個瘋狂又神奇的夜晚，這是一種從未有過的體驗，有著一種身在夢中的感覺，讓人完全不能控制自己。很長時間過去了，記憶都還是那樣深刻。冷清的月光，拂動的紗窗，時代的氣息，還有嬌喘中的輕聲呼喚，一切都溶入到我的血液裡。睜開眼睛後，我陷入一種從未經歷過的瘋狂狀態；黑暗中，隨著高潮的臨近，許多日子的剪影從眼前飛速滑過，而自己則好像一具沉睡千年的屍體剎那間蘇醒過來。

或許，妻子說的就是這個，我把身體交給別人後，她再也沒有找到。在四月，在這一切發生之後，我發現自己對妻子沒有了任何激情，就像對自己的姐姐一樣。我開始焦慮、矛盾，很想把局面挽回，但又不知道該做些什麼——很久很久之後，我又才明白，我根本就沒想過要去挽回，我以為我會這樣去做，現實是我什麼也沒做——情緒波動越來越大，像狂風裡迷失的一葉小舟。

我的生活裡充滿了各種各樣的應酬，以往喝醉了，我乾脆一個人住在酒店裡，現在，依著這個理由，就更少回家了，我去到施輝慧公寓裡，跟她和她的時代的氣息待在一起。但我們卻不能無所顧忌地做愛，原因在我，我常會在緊要關頭敗下陣來，這讓她十分懊惱，多次拍打著我的屁股，說：

「你他媽怎麼回事？」

「不行，」我說，「我抱著你，卻感覺進入的是我妻子的身體，又不像是，而是我姐姐的身體。」

「你說什麼，你到底在說什麼？」

我想起了妻子的話，她說過：「如果父親還在，你就不會這麼做了。」我告訴她：「是因為我的父親，我老覺得他在看著我們。」

「他不是死了嗎？」

「對啊，他要不死還看不著呢。」

「你腦子有病啊？不管你了，我要睡覺。」她拉過被子蒙住腦袋，假裝睡覺，不一會兒，又惡狠狠地一把掀開，衝我「啊……啊……啊……」地大喊大叫。她的聲音響如洪鐘，衝破了天地之間的某種界限。聲音響過之後，我看到父親的臉從黑暗中顯現出來，我又看到了他的國字臉、八字眉、高鼻樑、厚嘴唇。父親是無處不在的。在游泳池裡，他就是通過那個將孩子當狗一樣玩耍的父親向我顯現的。他現在不玩手機了，也不玩足球了。老婆上岸後，他們一家三口開始坐下來吃東西。要不是帶著老婆孩子，我說不定就會走過去叫他一聲「父親」，儘管他會不高興，我也必須得這樣做，不然他會更加不高興的。

他死兩年了，卻活在了我的心裡，帶著一如既往的威嚴。他死在四月，一場雨為他的離去打濕了天氣和我們的記憶。為著不看見他的屍體，我故意拖延了幾天才回去看他。怕他發臭，家裡只得在我到家之前把他裝到黑色的棺材裡。我推開堂屋大門走進去，他就在棺材裡跟我打招呼，為我的不孝憤憤不平。四月的陽光被雨洗淨後，透過窗戶照見他的棺材，黑色的油漆的反光映照著四壁，在紙錢焚燒出的嫋嫋煙霧中，烘托出一種暖暖的哀傷。

「我怕你呢，」我說，「等你裝進去了，你就看不到我，我也看不到你了。」

棺材震動了一下。他嘴裡含著一個一元的硬幣，說不出話來，只能扭動身子表達意見。

「你活著我怕你，不想你死了，心裡還留著你的死樣嚇唬自己。」

棺材又震動一下，那一刻，我還沒有意識到他的無所不在，這是一種錯誤。更為錯誤的是，我不該在他的棺材邊與妻子做愛。按照家裡的傳統，父親死了，兒子晚上得睡在他的棺材邊陪伴他，說是怕他孤獨，其實是為他送行，為他壯膽。長明燈在棺材下搖曳著燈火，指明了他前往忘川的道路，家人還得借他一個膽，他才能避開各種騷擾，暢行無阻。

「我想了。」其實我沒想，但我還是這樣說。我把妻子的手牽引到自己身上來。

「安分點，你。」她說。

「睡不著啊。」

「你也不看這是什麼地方。」

「這怕什麼？」

我一邊說話，一邊不停地騷擾她，一會兒她就進入狀態了。不管我們是在什麼地方做，她都像一條死狗一樣一動不動，進入狀態了，也不呻吟，高潮來了只會皺眉，會咬牙切齒，嘴裡會發出「噝噝」聲音。

「把衣服脫了，上來。」我說。

「不。」

「那就算了。」

我一激，妻子反倒就順從了。這對她是不小的突破，但卻激怒了我的父親，他不肯放過我，也不完全是他的錯，我不該這樣故意氣他的。父親是轉業軍人，連級幹部，回到地方後在縣刑偵隊工作。從一個鄉下孩子混到這個份上，他對自己是非常滿意的。在他看來，一個人只要用心做事，努力工作，持之以恆，幾乎可以說是無所不能的。可惜的是我上小學三年級那一年，他抓毒販時發生槍戰，挨了槍子，在醫院住了兩個多月。

子彈打殘了他的一條腿，也打滅了他的雄心壯志。以後酒喝多了，他便在桌子上向一家子人訴苦、抱怨，按照他的說法，以他的能力，再幹上幾年，他至少能當上局長，甚至是副縣長。腿一瘸，便什麼都沒有了。上級把他安排到縣第一中學保衛科工作，但不安排任何具體任務，只是給他一口飯吃。每次絮叨完了，就留下一句：

「唉，一生夙願，付與你了。」

話是說給我聽的，姐姐考上大學了，她也圓滿完成了父親交代的任務，包括進入郵政局工作及嫁給父親一個警察同事的兒子。父親每一件都給她指明了方向，她自己也是歡欣樂意的，且每一件都辦得讓父親覺得稱心如意。不過她始終是要嫁出去的，成為別人家的人。我們家的榮光只有在我身上得以傳承，才能稱著光宗耀祖。

不過我自上高中開始，所做的每一件事差不多都違背了父親的意願。我節省下半年的零花錢，姐姐和榮慧也給我湊一部分，買了一把吉他開始玩音樂。我喜歡搖滾，從指南針到唐朝到黑豹等等，還有香港的Beyond，他們的每一首歌曲我都能彈會唱。我尤其喜歡崔健，崔健的歌我尤其喜歡〈假行僧〉和〈快讓我在雪地上撒點野〉。每天做完作業，我就開始在我和姐姐的房間裡，彈琴唱歌給姐姐聽。那時，姐姐在準備高考，父親說我彈琴玩音樂，不但影響自己的學習，還影響姐姐的學習，不讓彈；讓我收起來，說等我自己考上大學時，想怎麼玩都可以。

「不會影響的，」我告訴父親，「姐姐學習緊張，聽我彈琴唱歌正好可以調節一下她的心情。」

我錯誤地估計了自己，以為自己快要成為一個大人了，說話應該是有點分量的，或者說，我說的話是可以部分地抵消父親說話的分量的。等我下次再拿出來彈時，父親一瘸一拐地衝進來，二話不說，搶過我的吉他三兩下就在地上砸個稀巴爛。我眼淚汪汪地看著姐姐，她也不敢吱聲，低著頭，連大氣都不敢出。我媽站在父親身後，也不說話。父親出去了，姐姐還得為他收拾殘局，將砸爛的吉他撿起來，丟到街上的垃圾桶裡。回到房間裡，看著我還在哭泣，姐姐便把我拉到懷裡，陪我一起哭泣。從來都是這樣，她為我所能做的，就是把我拉到她的懷裡，給我溫暖，給我安慰。不得已，我只好換一種十分隱蔽的藝術來玩——寫詩。這個也跟我們的一個語文老師有關。他剛從師範學校畢業就來教我們語文，十分敬業，也很有想法。為了鍛鍊我們的文字水準，他要求我們每天必須寫一篇日記給他看。我早就開始寫日記了，但都是和榮慧有關的內容，是不可能拿給老師看的。為完成任務，我想了個折中的辦法，就是用詩歌的方式寫日記。寫出來的東西，在我看來，每一篇都比我的啟蒙老師汪國真的還要好，或者還要臭。對此，老師從未說過什麼，反倒是看後，會每篇都給一個評分，為榮慧我們的愛情評分。

榮慧家跟我們家在同一條街上，她們家離學校更遠一些。她是在二中讀的初中，我是在一中讀的，我考到二中去上高中跟她一個班時才認識她。她是我們班的文藝委員，也負責辦班裡的黑板報。結識的當天，我們就開始結伴回家，第二天又結伴上學，從此後的三年時光，我們都是一起在路上走過去的。

剛開始，我們走大路，過幾個月就走沿著東門河延伸的小路，再過幾個月，每逢下午第二節是無關緊要的課程，比如體育或自習課時，我們就乾脆不上，把時間用來繞著山路走。我們就是這樣發現濕地松林裡的天堂所在的，鳥聲啁啾，松濤陣陣，陽光乾淨而透亮。尤其那個小湖泊，簡直就是一塊由天庭墜落的藍寶石，碧綠地鑲嵌在樹林邊。

我們趕到時，男男女女好幾個人正在湖泊裡游泳。他們帶來的一群孩子，正用一個白色的網兜，沿著湖邊撈小魚。我們坐在一邊看了一會兒，榮慧鬆開我的手，側頭看著我，又露出一個淺淺的笑容。

「你笑什麼？」

「沒什麼。」

「那你還笑？」

「我就是覺得人真的不可思議，所以就笑了。」

「說給我聽聽。」

「感覺嘛，哪裡說得清？」

她說完，向後平躺下去，心口一起一伏的，有一縷四月的陽光在她緊致的下巴上跳躍。她說：

「你也下水游泳去吧，我想看你游泳。」

「不，」我說，「我不想游。」

「你知道嗎？我們第一次來這裡時，你也是這樣說的，後來不也下水了？」

「是你一直在催，我才下水的。」

「我怕你害羞嘛。」

「當然害羞啊，那個年紀。」

「所以我得催你嘛。」

「你是故意使壞。」

「嗯。」

「那你知道我下水後，又不敢再上來是為什麼嗎？」

「知道，怎麼會不知道呢？」

松濤傳出去很遠又傳回來。林中沒人，湖裡也沒人。四周幽靜，蟬鳴聲又凸顯了林間的空寂。我四下看看，走到一棵大樹後面，輕輕褪下自己的衣服，裝在書包裡，又將書包掛在樹枝上。我說：

「你不要看啊，等我跳進水裡你再睜開眼睛。」

「我蒙住眼睛好不好？」榮慧哈哈大笑。

我甩著細長的膀子，以百米衝刺的速度跑過榮慧身邊，縱身一躍跳入湖中，榮慧的笑聲就更響亮了。她說：

「我全看到了，你真的好瘦哦，屁股上都沒肉。」

我羞愧得全身發燙，一個猛子扎入水中，憋著氣安靜地待在水裡。榮慧走過去，在樹上把我的書包取過來，跟她的書包疊放在一起。她在湖邊，焦急得坐立不安，我一浮出水面，她便朝我吼道：

「你想嚇死人啊？」她眼裡的幽怨和臉上的怒氣不太協調。又說：「你還好意思笑？我都快被你嚇死了。」話沒說完，她的眼淚流了出來。

我沒好意思上岸去安慰她，只在水裡拉著她的鞋尖搖了搖。

「走開，壞人。」她說。

她的口氣明顯是撒嬌了，我知道她不是真心生我氣的，就帶著一臉的幸福，不斷扭動身子，朝湖心游去。

「不要游遠啦，水深危險。」

我沒有聽她的，湖裡有好幾個男男女女在游泳呢，別人都不怕我又有什麼好怕的呢？穿過小葉榕的四月陽光，斑駁地灑在那些人的身上，我游過去，追逐水底的陽光，尋找那種不存在的溫暖。到了深水區，我就開始下潛，看到了許許多多白白胖胖的身體，畸形而又壯碩，似乎全身的肉都在下塌，堆到了屁股那兒。其中兩人，是那對夫妻。他們一家三口吃完零食後，一起下來游泳了。男孩在淺水區跟幾個小夥伴打水仗，他用水槍猛擊玩伴的心口，嘴裡發出「噠噠噠」的聲音。他的媽媽不太會游泳，她套了個游泳圈在身上，陪著丈夫在深水區裡玩。我看到他們的身體絞纏在一起，男人的手輕輕地拍打著女人的屁股，後來就越來越用力。

發出的「劈劈啪啪」聲，是父親在母親屁股上拍打出來的，但母親一聲不吭，閉著眼睛，一副非常享受的樣子。我落下了家庭作業，中途折返回來，正好撞見他們在開著臥室門做愛。他跪在她的身體前，低下了高貴的頭顱，聽任她的擺布。母親是父親的依附，是他的影子，她只有在這一刻，才能彰顯自己的存在和價值。這是我第一次得以窺見人類的祕密，心裡由此裝下了一口惡氣，或許我性情中陰暗那一面，就是這樣產生的。尤其是對我父母親的那種咬牙切齒的恨，從此就在我心裡開始生根發芽，但我從不表現出來，我要他們死後自己去感受，就像我父親那樣。他的屍體從墳墓中蘇醒來，意識到我們之間的問題後，就一直跟著我。而我的屍體通過深入施輝慧的身體而蘇醒後，卻想要遠遠地離開她，尋找自己曾經的希望和夢想。

這是一個相互折磨的漫長的過程。主要是我跟妻子之間。施輝慧是她自己的影子，飄來蕩去的，對什麼都滿不在乎。她知道我是有妻子的，但相處的過程中，她從未問過相關問題，她對自己的將來都毫不在意。跟我在一起，似乎為的就是瘋狂地體驗各種快感。

痛苦的是妻子和我，她聽從了自己的第六感，拒絕再與我有任何肌膚之親，一開始，她是持懷疑態度的，還不斷地努力去嘗試，她就是在嘗試中不斷堅定自己的信念的。到這個時候，我不得不向她承認，自己真的在外面有人了。從此她只當我是一個熟悉的陌生人。但她還是一如既往地為我做飯洗衣服，噓寒問暖，百般遷就，像我的姐姐照顧我這個小弟一樣。我們之間不再是夫妻，似乎存在的只是一種難以割捨的親情。

「她沒有其他反應了嗎？」醫生問我。

醫生的辦公室在一個社區住宅樓裡，在最頂層，從那裡可以看到波光粼粼的深圳水庫。人往巨大的落地窗前一站，立即有一種豁然開朗的感覺。我每月去看她一次，每次結束治療時，她都立即拉開窗簾，讓我從軟軟的靠椅上站起來，走到落地窗前看看遠處的水庫，心情立刻就敞亮許多。她說，這個動作本身也是治療的一個過程。

「她問過我那個人是誰。」

「你說了嗎？」

「沒有，我沒有說出施輝慧的名字來。我覺得，我只是遇到了一個人，一個讓我能回到從前的人而已，這個人可以是任何人，對不對？」

「是的，你能意識到這一點，真好。」醫生說，「沒有其他的了嗎？」

「有，我想我給了她很大的刺激和傷害。她問我是否覺得她太在乎物質的享受。我想是的。那晚之後，她提出分居。我同意了，並於第二天搬了出來。我沒有去施輝慧那裡，我只是在外另找了一個帶游泳池的社區公寓房住；很窄，就一個帶廚衛的小房子，我覺得可以睡覺就可以了。這或許是神的指引，也或許是我父親在作祟，你知道後來發生了什麼的，這是一個明智的選擇。這樣的生活狀態一度讓我覺得舒心、愜意，無拘無束，只屬於我自己。想做愛了，我就去找施輝慧，想吃家鄉味了，我就去找妻子，讓她給我做乾辣椒炒臘肉、紅豆炒酸菜，還有乾豆角燉豬腳。不過這樣的好日子沒持續多久，半把年吧，直到妻子告訴我以後不要再去了的那一天。隨後，我們就離婚了……」

「我在聽，你說吧。」

「我們在一起生活了十年，是她一直在主宰著我的生活，這是從我父親那兒延續過來的，已經成了習慣，我無法反抗，只好屈就。她是結婚後就放下家裡的工作隨我來深圳的——她是個老師，教小學的——她為我付出了很多，照顧好她，是我的責任；當然，照顧好我，也是她的責任。我們都在各自的頭上為對方套了一個環。除了要我在公司賺更多的錢，她並不需要我為她做任何事情。說心裡話，我不太喜歡我的工作。但你知道，在深圳，要想丟下一個高薪的工作，離開一個如魚得水的環境，另起灶爐，是多麼地困難。何況，我的性情和家庭環境也不允許我那樣做，所以，我一直在堅持。堅持著我不喜歡做的事情。小時候，我希望做一個自由的歌者或詩人。這已經是很久以前的事情了，太遙遠了。」

隨後，我陷入了沉思，過了很久，又幽幽地說：「我遇到不順心的事，總想找一個人聊聊，但與妻子交流卻非常困難。她總是說，我們去看一場電影或吃一頓燭光晚餐就會好的，而這些都不是我想要的。」說完，我把目光投向窗外，四月藍灰色的天空有一種恍惚的感覺，不知道是哪一世哪一劫。

「如果我現在讓你每天寫一首詩，下個月來的時候，你得交給我三十首詩歌，你做得到嗎？」

「這也是治療的一部分嗎？」

「是的，很重要的一個環節。你會在詩歌裡找到回到過去的通道的。」

「那好吧，我得走了，我姐姐還在樓下的公園裡等我呢。」

「你姐姐來深圳了嗎？」

「是的，她們怕我真的會自殺嘛。不瞞你說，醫生，我來你這裡之前，已經嘗試過好幾次了，你看看我手腕上這幾道刀痕，都是我自己割的，但每次覺得血將流盡時，我就趕快往醫院跑，怕自己真的死了。」

「這又是為什麼呢？」

「你想想，我活著，人間地獄不是還隔著一層嘛，我要死了，不是把自己往父親的刀下送嗎？」

「關於這一點，我想跟你的姐姐談談，你覺得如何？」

「我不贊成，醫生，我不想你這麼做。」

「為什麼呢？」

「反正不行，你不是醫生嗎，自己會想明白的。」

我臨出門，醫生又叫住我，她說：「如果你一直不敢正視你的父親，你就永遠不會找回你自己的。」

醫生的話，勾勒出兩張面孔呈現在我們之間，一張是我小時候的，孤獨、無助、惶恐地看著另一張面孔；那是我父親的，他神情堅毅，目光冷硬，以俯覽的姿態逼視著我。

「他會聽到的，醫生。你最好不要這樣說。」

「就是得讓他聽到，你們能充分地交流，才能解決問題。你安靜地聽，看看他會說什麼。」

我輕輕閉上了眼睛，聽到了那個孩子的笑聲。他們一家游泳游累了，又回到草皮上的榕樹下玩足球遊戲。兒子進攻，爸爸防守，媽媽劈開兩條腿當門框。兒子左衝右突，都會被父親擋回去，連著幾次射門都不成功，便坐在草地上，蹬著兩條細腿假哭撒嬌。媽媽不樂意了，走過去，在父親的肩頭拍了一巴掌，還在他耳邊絮叨幾句；完了，又過去拉起兒子來，讓他繼續踢。後來的場面可想而知：那個鳥男人在兒子衝刺過來的時候玩假摔，故意放他過去；媽媽呢，兩條移動著去尋找足球。這樣一來，還不進的話，天理都難容了。傻兒子樂得手舞足蹈的，父親呢，跑過去，把他高高舉起，似乎射門的是他自己，而他正在把獎盃舉起來呢。

我們一家子人，除了在家，極少會同時在某一個場合出現，更不要說如此和諧地玩樂了。父親只會按照他自己的意願，要求你這樣、那樣，做不到了，他就罵你、打你，說你是孬種，想著方法折磨你。我的中考成績並不理想，才會從一中考到二中去上高中。父親氣得把我關在屋裡，一個星期都不讓我吃飯。要不是姐姐睡覺時，偷偷在內衣裡藏東西進來給我吃，他就真的狠心把我給餓死了。母親和姐姐從來都不敢發出自己的聲音，她們只會忍氣吞聲，事後又偷偷補救。

父親是一個嚴苛得完全不講道理的人。我們從小的站姿、坐姿、穿著、髮型，甚至是吃飯發出的聲響大小，都得嚴格按照他的意見來。出來工作後，我給他買過手錶、手機、煙斗等禮物，他沒有一次是說好的，翻著個兒看幾遍，就說人家的產品品質不好，你給他品質好一點的，他又說顏色不喜歡。

我做的能讓他喜歡的事情，至今只有三件，首一件是上高中後，學習突然高歌猛進，沒有一次考試不在年級前三名，直到大學畢業都這樣。他以為這是餓了我七天的成果，其實這完全是不搭邊的。我的學習好，只因為我喜歡讀書。不為前程，不為將來，只是我那時想明白了一個道理：只有不斷地讀書，才有機會看更多的書。其次是我娶了他讓我娶的女人做妻子，一個他的警察同事的女兒。再就是我送給了他一套一百多平方米（約三十多坪）的大房子。

我們家一直住在父親的單位房裡，六十多平方米（約九坪），兩室一廳，家什雜物一放，都轉不開身子。我上初中後，父親才將我和姐姐的單層床，換成雙層床。此前，我和姐姐都是在一張床上睡覺。我在上，姐姐在下，我因犯錯挨了父親的巴掌的夜晚，姐姐也會讓我在下面跟她睡，她輕輕地撫摸著我的心口，嘴裡幽幽地說：

「小弟不哭，小弟不哭。」

我抱著姐姐，頭俯在她的胸口，在黑暗中無聲地哭泣，眼淚怎麼也止不住。感覺黑暗就是一個無底的深淵，我被父親拋入其中，不斷下沉。要不是緊緊抱住姐姐，我就將緩慢地無知無覺又毫無意義地消失於無形。

讓父親最為失望的，自然要屬遠走他鄉，外出務工了。這是不以父親的意志為轉移的。我大學畢業後，他動用各種關係，將我分配到我們縣的皮革廠做採購，本來一切也挺好的，但我還沒幹滿兩年，皮革廠便倒閉了，父親能用的關係也全用完了，不得已，只好讓我遠走高飛（暗地裡，他還有著另一把小算盤：以為我離開家鄉後，也就等於是遠離了榮慧），飛出他意志的邊界。父親在臨走時交代：

「你出去後，一定要給我做出一番事業，給這些狗日的（不再給他臉面的）看。」

我心裡竊喜，沒回他的話。他又說：

「你可以想想，你的這些同學，現在有個一官半職的，等你過幾年回來，說不定人家個個都是各個部門的一把手了，你混不出個人樣，都沒臉面去見人家。」

我在心裡偷偷地想：「我這一走，怕是永遠都不會再回來了。」

我能明白醫生的意思，但我一直不太同贊同她的一些想法。我幾次想著不再回去看她的。真不去了，心裡卻又有幾分掛念，就像掛念姐姐一樣——她比姐姐年輕十幾歲，她的側影有些像姐姐，也像姐姐那樣，削尖的下巴那兒有一顆小紅痣。恍惚看到那顆痣時，我就忘記她醫生的身份了，以為她就是姐姐本身。雖為姐弟，但我內心的一些隱祕之事，是不能透露給姐姐的，這讓我在有自主意識的情況下，很難把真相徹底地告訴醫生——所以有時就算去了，我也只是安靜地陪她坐坐，在她不注意的時候，偷偷地看著她。至於她說了些什麼，我並未往心裡去。我告訴她的，只是我故事的很小一部分，這讓她做出了錯誤的判斷，現在又聽她這樣說，這讓我對她更加失望。原來她一直在把我當作一個孩子，我們沒見幾次面，她應該就堅定了這樣的想法，所以她所用的任何辦法，都是想告訴我，我只有不是一個孩子，才會具備精神支柱，去反抗自己，反抗別人，反抗那些總讓我做我不喜歡做的事情的人，反抗這麼多年來的種種束縛。她還想讓我明白，其實，我是可以不在乎別人是否滿意的，包括我的父親；我是父親的一部分，可有可無的一部分，學會反抗自己了，我就能把自己與父親分割開來；在屬於自己的世界裡，自由自在地做我自己。

她居然沒有想到，那個人應該是施輝慧才對。一開始，施輝慧可以是任何一個人，到後來，換是任何人，而不是她，或許事情就不會是這樣了。天氣漸漸炎熱，夏天的清新味道撲面而來，窗外的榕樹葉在金色的陽光下搖曳著柔美的身姿，呱噪的蟬鳴粗線條地勾勒出四月的感覺。那個時候，我已經退掉了城裡租住的公寓，去到南澳鎮上另找房子住了。坐在三樓的窗前，眼睛掠過一片灰暗的水泥平房的屋頂，可以看到大海的一角。漁船來往穿梭，駛向遠處的海上養殖場。偶爾也能看到進出鹽田港的巨大的貨輪，像一個灰暗的影子從遠處飄過。往那個方向看，還能看到盡頭的一抹青山的暗影。一個人告訴我，那邊屬於香港，我沒找另一個人求證過。一個人醒來的時候，不管白天黑夜，我都喜歡坐在窗前，帶著一種難以逃脫的宿命感看著大海顯露出來的這一狹小的角落。尤其在晚上，看著海上養殖場，我會莫名其妙地陷入一種癲狂狀態。黑暗中，養殖場裡的無數顆浮球，就像無數個逝者黑色的永不腐爛的頭顱在海水裡飄浮著。其中一個是我的父親，我看著養殖場的時候，他也在養殖場裡看著我。

她讓我順著妻子所說的不要再去找她的話往下想，我就能聽到腦袋裡發出許多清脆的斷裂聲。在深圳，妻子是父親精神的另一種延續，她還是我與故鄉，以及故鄉所有親人之間的一個連接點，她沒了，這些線就會陸續斷開。我不能再去找她，不能待在她待過的地方，不能看見曾經一起擁有的東西，這些都會讓我瘋狂，隨即一片死亡的陰影就會飄到我的頭上來，盤桓，纏繞。每天每夜，我都如在地獄的門口徘徊。由此，恐懼、失眠和尿急，就一直陪伴著我了。我只得用酒精去麻醉自己，讓自己失去感覺，什麼也不再去想，但大腦處於空白狀態的時候，就以為自己其實已經死了。生於死亡之後，葬於出生之前。

每每這個時候，我就提著施輝慧送給我的吉他，坐到陽臺上來，撥弄著琴弦，我一遍又一遍唱道：

給我點兒肉，給我點兒血

換掉我的志如鋼和毅如鐵
快讓我哭，快讓我笑
快讓我在這雪地上撒點兒野

好在週末和假日，她會從市內開車過來陪我，有她在身邊時，我心裡的騷動才會略微平復一些。我們關著門，在房間裡不斷地喝酒、做愛，隨後又都倍感寂寞，於是又喝更多的酒下去，讓自己沉醉。我們換著花樣地喝，比如一躺一坐，酒由坐者嘴裡流入躺者嘴裡；又比如把酒倒在肚臍，讓對方去吮吸。我們還把大瓶裝的紅酒掛在牆上，牽一根細細的軟管到床上，便於隨時吮吸。四月的夜晚，遊客散盡，東部邊陲小鎮異常冷清。半夜醒來，我緊緊抱住她，遏制自己想去窗臺上看海的衝動，聽著蟲子細切的鳴叫和森森冷冷的海風，久久不願睜開眼睛。月光灑滿房間，和她身體的味道和時代的氣息，一起在房間裡浮動。我能感受到她細軟的髮絲在我胸膛上肆無忌憚地扭曲，也能聽到她睡著了，仍能發出的不規則的嬌俏喘息。

每一天的大多數時間裡，我們都躺在軟綿的床上不願起來，有時似乎要一同燒進燦爛的晚霞裡，讓窗外的落日冷冷地撕扯著我們沸騰的欲望；有時在微白的曙光裡舔噬另一個自我的存在。更多的時候，我們就這樣沒有來由地醒來，躺著，仍由思緒紛紛擾擾。

「你說我們會死嗎？」她問。
「或許吧。」我說。
「那不能再這樣下去了。」她爬起來，往後綰著頭髮，微笑著看著我。
「怎麼了？」她的話讓我有些緊張。
「我一睡著，就覺得冷，感覺自己像個死屍一樣。我好怕我們倆就這樣睡著睡著，再也起不來了。」
「是我父親，」我說，「我們睡著的時候，他在把我們的人氣一點一點地吸走。」
「亂講什麼？」她說，「你可別嚇唬我。」
「他在海裡的養殖場漂著的。」我把她拉到窗前，指著那些浮球給她看。
「我們也去海邊散步吧，」她說，「好多的人哦，我們也去吹吹海風，把你這些亂七八糟的想法吹走。」
我不想去，但拗不過她。她幫我穿好衣服，拖著我的手出了門。我們在海邊看一些個子矮小、皮膚黝黑的人釣魚，他們每一次收竿，我的心都會突突地跳，以為他們釣到的不只是魚，說不定還有其他什麼東西呢。就拉著她著往海邊棧道的左側走。她穿著紅底碎白小花的無袖波西米亞長裙，戴著寬邊遮陽帽和一副大大的墨鏡，吸引了岸邊很多遊客的眼睛。我們走過了雙擁碼頭，走過了海鮮市場，還經過一家叫白雲天的酒店。

我們便下到酒店前面的沙灘上玩，她還是不肯下水，擦了防曬霜，躺在沙灘椅上曬日光浴。我臨時買了一條泳褲換上，下到海裡游泳。風很大，海浪攪動著泥沙不停翻捲，前緣泛著白色的泡沫。我戴上游泳鏡，潛下去，只覺得水很深，也看不見穿過小葉榕的枝葉投射下的縷縷陽光，只偶爾尋得一片亮色在眼前晃動，游過去時，它又不見了，在游泳池內幻化成一團黑色的人影向我撲來，嚇得我失聲驚叫，嘴裡灌進去好大一口苦澀腥鹹的海水。浮出水面後，我咳得膽汁都出來了，這一回，那個玩弄兒子的父親沒轉身來看我，他們一家還在草皮上玩那弱智的足球遊戲。她沒看到我在咳嗽，她起身上廁所去了。沙灘上空空蕩蕩的。我上岸換了衣服，坐在涼亭邊的石凳上等她，等了很久，都不見她出來，便走到廁所門口大聲叫喊：

「姐姐，姐姐。」

姐姐沒應聲，不一會兒才甩著手上的水走出來。告訴我她拉肚子了，腸胃不適應深圳的東西，吃出問題了。我帶她去路邊，找藥店買了一盒荷香正氣水，打開一瓶讓她喝下去，很快她的肚子就不再「咕咕咕」地叫喚了。我這才告訴她，醫生讓我每天寫一首詩的事情。姐姐很贊成醫生的想法。我側頭看著她下巴上的紅痣，心裡覺得，她其實就是那個醫生，醫生是我還未出嫁時的姐姐。

「這樣好，」姐姐說，「給自己找點事情做。寫上幾個月，你就成詩人了。」

「姐，我一直都是個詩人，我還有一本自己的詩集呢，名字叫《風擺柳》。」

「在哪裡？我怎麼不知道？」

「在榮慧家。和風吹拂，柳枝擺動，春光無限的意思。這是我們讀書時一起想出來的名字。」

「那我回去得找她要，我還沒看過小弟寫的詩呢。」

「沒什麼好看的，全都是些『情啊愛的狗屁東西』。」

「誰說的？」

「父親，這是他說的。」

父親從我的書包裡搜出日記本來看（他有這樣的習慣），翻看了幾頁，便狠狠地甩在我的面前。

「你這是在糟蹋日記本，寫的都是什麼呀？」

「詩歌，這叫現代詩。」

「嘿嘿，嘿嘿，」他發出幾聲牛虻一樣的冷笑，說：「『三十功名塵與土，八千里路雲和月。莫等閒，白了少年頭，空悲切。』這才叫詩。」

「你這是詞，辛棄疾的〈滿江紅〉。」

「別他媽欺負我沒文化，反正詩就不是你這樣寫的。」

「語文老師不都給我評分了嘛。」

「他也是狗屁不懂，我得去找找他，這都是什麼跟什麼啊？」

此後的某一天，他果然一瘸一拐地出現在我們學校，背影猥瑣地走進老師們的辦公室，不一會兒便跟在我們班主任的後面，走到操場的一角，在那兒談了很久。一整個下午，我都沒有心情聽課，回到家也是誠惶誠恐的，哪知推門進去，看到他坐在火爐邊抽煙，他滿臉的微笑從瀰漫的煙霧中綻放出來。我怯怯地走過他的身邊，去到廚房幫母親做飯。晚飯吃到一半時，他的話語才透露出他為什麼一臉的壞笑。

「你們老師誇你了，說你學習很好，還很穩定，你狀態一直都不錯。這樣下去，考個一本是沒問題的。」他說。

「他還給你說了什麼？」

「沒什麼。」他喝了一口酒，沉默下去。飯快吃完了，又才開口說話：「你是不是跟一個叫榮慧的女孩走得很近？」

「沒有，」我說，「就是有時候會在一起討論學習。」

「那就好，我可警告你，考不上大學就不准談戀愛。」

「我知道，你都說過好幾次了。」

「還有，」他又說，「以後別再蹺課。」

這是父親第一次跟我提到關於榮慧的事情，我以為他只是說說而已，沒想到他還背著我，多次去到學校，打聽我和榮慧的事情；直到有一天，他突然出現在東門河邊的小道上攔住我們，臉上那凜然的剛毅之色，嚇得榮慧扭頭就跑開了。

「大路不走走小路，」他說，「你們就是這樣討論學習的？」

「這條路清淨，」我說，「我們還可以一路背英語單詞。」

「哄鬼還差不多，你再這樣下去，我就打斷你的腿。」

「同學在一起交流學習都不行？」我說。

「你知道我說的是什麼意思，需要我用拳頭再講一遍嗎？」

當天晚上，父親又在餐桌上說開了。姐姐上大學去了，媽媽一個人附和著他。他瞭解得很深，說榮慧家是在館子街開服裝店的，她媽媽久病纏身，幾年臥床不起了。榮慧的學習一般，在課堂上不認真學習，放學了也不在家學習，要去服裝店幫忙賣衣服。這樣就容易受社會影響，心無大志，穿奇裝異服，只認得錢，是不會有什麼前途的。

「就是。」媽媽說。

「我不准你再跟她來往，記住我今晚說過的話。」

為了檢驗自己所說的話，隨後半個多月，父親都在偷偷跟蹤我們。我們走的是穿城而過的大道，跟著其他同學一起隱藏在街道上的人流車流中，相隔著一定的距離，只要相互能看到彼此的身影就可以了。父親對此保持沉默，為的是麻痹我們，等我們放鬆警惕，再改走東門河邊的小道時，就被他抓了個正著。他當著榮慧的面，甩了我幾個耳光，然後扯著嘴角流血的我回到家裡，又讓我在地板上跪了一個晚上。

從此之後，放學路上，我和榮慧再未一起走過，但我們換了一種方式在東門河邊的小路上相聚。每天放學，我都會提前走十餘分鐘，我會在中途的一棵柳樹下坐下來，看一會兒書，趁四下沒人時，把一首寫好的詩歌塞進一個隱蔽的樹洞裡。過一陣子，榮慧來到後，便會取出來。剛開始是為了好玩，後來便成了一種儀式，祭奠我們的青春和愛情的儀式，被一直保留下來。這個意思，我換了一個方式告訴過我們的班主任。父親找了她幾次，要把我轉到一中去上學。我告訴她，我和榮慧就是兩個年輕人相互珍惜，相互吸引，相互親近，共用青春而已，不意味著任何其他猥褻的東西，我們在一起只會相互愛護，相互鼓勵，而不是影響學習。我還讓她反過來做父親的工作，告訴他，我現在的學習很好、很穩定，換一個環境，就得重新適應，從頭再來，怕是得不償失。父親聽進去了，我也得以在二中，以這種浪漫的方式和榮慧相處到畢業。那棵柳樹比我的腰身還粗，與其他相似的柳樹，長滿河道兩旁，萬條柔軟的枝條垂入河中。四月的山風拂過河道，柳絮紛飛，陽影如夢。我寫的許多詩，柳樹都作為青春的象徵留存其中。也不知一共寫了多少，全被榮慧收入《風擺柳》中了，被她收入其中的，還有我們往日的點點滴滴。這就是醫生給我指引的方向，也是我要回到的地方。

「你知道嗎？」姐姐說，「我和媽媽商量了好久，才決定告訴榮慧你回來了，還把她請到家裡來跟你見面，也是出於這個道理。」

「什麼道理？」

「得給你的心找一個依附，這樣你才能重新認識自己。」

我側頭又看她下巴上的紅痣，這分明就是醫生的口氣了。

「媽媽一直不答應，她有她自己的想法，希望你能理解，畢竟她只有你這麼一個兒子。」

「這是什麼意思？」

「榮慧不能再生育了。你知道嗎？」

「你們有孩子嗎？」醫生問。

「沒有，」我說，「印象中，父親的獨斷專橫、大喊大叫，我並不以為會對我有什麼影響，但我結婚十年卻不想要孩子。妻子問過我，我說我不想生孩子……」

「為什麼不想生？」妻子關切地說。

「時候還沒到吧，再說，事業剛剛起步，我不想為孩子分心。」

「她以後多次欲言又止，但始終沒再提過這個話題。可能是我內心深處沒有養育孩子的勇氣，沒有傳宗接代的信心，更沒有身為人父的責任感。我不想被任何東西羈絆，我潛意識以為，這會讓我喘不過氣來。」

「就這些嗎？」醫生問。

「這些還不夠嗎？」

「我不以為。」

「我也不以為。」

「你不想生只因為你是你父親的兒子。」

「你這是職業敏感。要說緣由，或許還在我妻子本身？」

「她沒有生育能力？」

「不是，再說也不完全怪她。」我笑了起來，許多和妻子做愛後扔掉的避孕套鼓鼓囊囊的在我的四周紛飛。

說來真奇怪，我姐姐叫嘉怡，我的妻子也叫嘉怡，就是姓不同，而她們又都叫我小弟，我有時候都糊塗了，不知道她到底是姐姐還是妻子。她們都比我大三歲。她有時候對我更像是姐姐，許多事情都是她管，要我做這樣、做那樣，我也很聽她的話。記得小時候，姐姐也是這樣。但姐姐總是淺淺地笑著，聲音柔美地讓我做功課、掃地。姐姐很照顧我。但我的妻子，她表現得更像我父親，更冷漠，也更現實。

我工作四年首次回家那次（其實我每年都會回一次家的，但我沒進家門，只是偷偷在榮慧的服裝店幫她打雜。她中了我父親的蠱，考不上大學，不能離開家去打工，在家又找不到事做，只得把時間都耗在服裝店裡。家裡只有姐姐知道，我還讓她偷偷探父親的口風，父親說，只要他活著，榮慧就別想進我們的家門。有的人，生下來就跟另一個人是冤家對頭，父親跟榮慧就是這樣的兩個人），很詫異地發現，兩個從小一起長大的嘉怡成了好朋友，經常一起出門逛街、買東西、吃飯，真的是無話不談。父親從小喜歡她，說她心地善良，勤勞寬厚，他打她小就把她當兒媳看待了。我母親馬上接口說：

「這樣的女孩，你要不娶她，就太沒天理了。」

「所以，」我告訴姐姐，「他們一開始就拒絕榮慧，並不是榮慧不好，而是他們一早就認定嘉怡是我老婆了。」

「你和嘉怡是定了娃娃親的，你不知道？一開始就是兩家開玩笑，」姐姐說，「後來隨著你們慢慢長大，且十分相配，大人也就把當初的玩笑當真了。」

「在我看來，我和妻子做的是別人眼裡的夫妻。」我告訴榮慧。

「你是說，」榮慧坐在湖泊邊，一邊拿手機相機到處亂拍，一邊跟我有一搭沒一搭地聊著，「你們這麼多年都沒有培養出夫妻感情嗎？」

「要說沒有，也不會一起生活了這麼多年，我只是不想再這樣生活下去了。」

「這樣一來，她比我還可憐，比我失去的還要多了。」

榮慧的話，觸到我也觸到了她的痛處，她趕忙轉過身去，用手抹了一下眼睛。換了個話題說：「起風了，水冷，我們回去吧。」

她回頭的時候，我已經潛入水下了，我也不想讓她看到我的眼淚。湖泊裡已經沒有人游泳了，就我一個人在水裡撲騰。穿過小葉榕的陽光照著水底茂盛的水草，它們柔軟、青翠，我輕輕墜落，躺在水草上，肚子上有一種濕滑又酥癢的感覺。透過游泳鏡，我看到一些細小的魚苗在我的小腹那兒游動。牠們將我排出的黃色尿液誤當作食物，游過去剛欲爭搶就被尿騷味熏跑了。

我沒有帶換穿的衣服，上岸後，榮慧已借來別人家的浴巾，忙著給我擦拭身子。她讓我找個地方把濕褲頭脫下來，我沒同意，就這樣把長褲穿上去。回去的路上，她一直在催我走快點，說怕我涼出病來。到了她們家社區樓下，她把家裡的鑰匙給我，告訴我房號，就去買菜去了。她說晚上我們一起做飯吃，還讓我自己先沖個熱水澡。

她的家是兩室一廳，跟我們家一開始所住的那個房子差不多大。客廳擺上沙發、茶几、電視櫃、餐桌及四把吃飯用的椅子，就沒什麼寬裕地方了。餘下的兩個房間我也都去看了，榮慧的那間，收拾得素淨而整潔。我看著鋪著粉紅色床單的床鋪、黑色的梳妝鏡、各種各樣的化妝品及衣櫃裡疊得整整齊齊的衣服，想像著榮慧日常生活的各種細節。另一間房，是榮慧兒子的，被她收拾得比自己的還要整齊，整潔。牆壁是淺黃色，貼著各種加菲貓、海綿寶寶等卡通圖片。床是木架子床，鋪著有著各種海中生物在上面游動的深藍色的床單。床頭櫃上，擺放著一輛遙控汽車，還有一個飛機模型。門的後面，掛著一個藍色的書包，那是榮慧的兒子上小學用的。他在行將成為小學生的前一個月出車禍走了，生他的時候，榮慧就做了結紮手術。傷痛過後，身為獨子的丈夫為了傳宗接代，迫於家庭壓力，選擇與榮慧離婚，榮慧由此過上了單身生活。

「洗澡了沒？」榮慧問。

榮慧進門時，我還坐在她家的沙發上發呆。她手裡提著大包小包的東西，拿出來一看，除了菜，還有感冒藥和一身衣服，是她剛給我買的一件藏青色T恤和一條牛仔短褲。

「還沒呢。」我說。

「壞了，」她突然說，「忘記給你買內褲了。」

她教會我如何開熱水後，又跑到樓下去。等我洗完熱水澡出來時，她都開始在廚房忙活了。我換上她新買的內褲，跟她一起忙了起來。她洗菜，我切菜，我已有十幾年沒進過廚房，手藝十分生疏，切臘肉時，還把左手的食指切了一個口子。榮慧從櫃子裡抬出一個白色塑膠儲物箱，打開來，裡面裝著各種日常家居必備的藥品，剛剛買上來的感冒藥也裝在裡面，她給我塗上紫藥水後，就不要我幫她了，只讓我在沙發上坐著看電視、喝茶。

「小弟，要不要回來吃飯？」姐姐打過電話來問。

「不用了，」我說，「我在榮慧家吃。」

「在榮慧家啊……」姐姐又問，「媽媽問你晚上要回來不？」

「回啊，怎麼不回？」

「誰找你？」榮慧伸頭出來問我。

「我姐的。」我說。

我們晚餐吃的是乾辣椒炒臘肉、水煮豆花和麻辣馬鈴薯餅。榮慧還陪我喝了一杯紅酒。她說她偶爾會喝一點，晚上的時候，一個人看著電視，慢慢一小口一小口地喝著，感覺一個人的日子其實也挺好的。

我們沒有談到她以前的丈夫，也沒提到她過世的兒子。我們在外一起走著的時候，會觸景生情，會流淚，會有帶著分寸感的肌膚之親。真真兩個人單獨相處，面對面坐下來時，隔著十幾年的時光，心裡還有許多管道是無法融會貫通的。好在手中有紅酒，話題難以深入時，我們就一起喝一杯。

「你能喝多少？」我問。

「平時就一杯，今天有些過量了。」

「會醉嗎？」

「應該會，現在還沒。」

在酒精的作用下，我們兩人探手探腳地坐在沙發上，肩膀都挨在一起了還不知道，就覺得渾身都很溫暖，心情也很舒暢，還覺得許多視聽和觸角方面的通道在被慢慢打開，也好像突然之間才發現，原來這些通道這麼多年來一直都是打開的。我們只是把它們擱置一邊，沒有去打理而已。榮慧中途去洗了一個澡，出來後，換上一身跟她的床單一樣是粉紅色的睡裙，繼續輕輕地依靠著我。不知道她用的什麼沐浴露，還是在身上灑了香水——時代的氣息，室內淡淡的幽香，柔和的燈光，寧靜的夜晚，親近的身體和無拘無束的思想，讓我們感知到對生活的最為簡單的滿足。

尤其是拿出《風擺柳》兩人一起閱讀後，我們都感覺到，時間就像被對折了一下，把十幾年之前和十幾年之後連接在一起，於是，兩個榮慧的身體在我的眼前重疊了。我伸手輕輕摟住榮慧的腰，她的身體傾斜一下，就躺倒在沙發上，我也歪一下身子，在她的身邊躺下。我哆嗦著手，一顆，一顆，帶著慌亂去解榮慧白色襯衫的紐扣。她睜開眼睛，抓住了我的手，隨後又放開。我再解開一個，榮慧的白色文胸露了出來。我不知道文胸該怎麼解開，我不知道扣子在哪裡，是榮慧自己解開的。我俯在她的身上，感覺到她的身子跟我的一樣在瑟瑟發抖。側頭看，綠草間，她的小腹光滑又精緻，有一絲風兒，在那兒打了一個忽閃，我伸手去抓，它又吹到松林深處，只摸到乾淨而透亮的四月的陽光及榮慧稀疏的毛髮。耳朵裡聽到了一些「劈劈啪啪」的拍打屁股的聲音；突然覺得我們的行為齷齪而又醜陋，我突然打了一個激靈坐了起來。

「怎麼了？」榮慧用濕漉漉的眼睛看著我。

我沒說話，輕輕搖搖頭，親吻著她的唇。她的頭髮披散開來，像我胸膛上長出的黑色花朵。我把花朵的紛亂枝葉撥開，鑽入到她的粉紅色睡裙裡。沿著時間的痕跡，我能觸摸出，榮慧微微隆起的小腹自產後就沒有消減下去，但乳房比以前更大了，凸起的輪廓依然帶著讓人迷幻的氣息。變化更大的，是榮慧那張臉，肉多了一些，且失去了彈性，給人一種面龐下塌的感覺，再細看，就能在眼角密布的魚尾紋裡，找到被隱藏起來的那十幾年。

再往下，我摸到了榮慧小腹上有一道橫切的疤痕，這一發現讓我吃驚不已。我帶著悲壯的神情，緩慢拉開榮慧的睡裙，看到她以前本是潔白光滑、略微窪陷的小腹，現在布滿了黑色的魚鱗般的紋路，左上方還有一個橫切的刀口，縫合復原後，細密的針腳並未消失，讓刀口像一條多足小蟲一樣，永久地爬在她的小腹上。我突然打了一個激靈坐了起來。

「怎麼了？」榮慧用濕漉漉的眼睛看著我。

我沒說話，輕輕搖搖頭，親吻著她的唇。心裡想著，她還是她，她已不是她。她還活著，她只能是她；有一個男人進入過她的身體，留下了一粒種子，種子在她的小腹裡生根發芽，茁壯成長。為了收割種子，還有人在她的小腹上劃拉了一個口子，就是因為這個口子，她打娘胎裡帶來的天地精華、日月之光全跑了，沒了原初的氣，她已不是她。

「榮慧……」我輕聲地呼喚。

「嗯……」她輕輕地回應。

我們的聲音在十幾年的時間煙塵裡穿越，分辨，盤桓，縈繞。我的身體循著這聲音，回到了山頂松林裡湖泊邊的草地上，與她融為一體。我一邊猛烈地撞擊和深入，一邊用指頭去使勁摳她小腹上的爬蟲。榮慧痛得失聲叫了出來。

「哦……痛……」，聲音含混，如同從水中傳來。

「還要來一點嗎？」我暫停下來，把紅酒遞給她，問。

她呻吟著，身子不停地顫抖、扭曲，近似痙攣。直到我停止在她的小腹上摳挖，她這才安靜下來，沉沉睡去。

我抱著她，也在她的身邊睡下來，窗外，依然是森森冷冷的風聲和蟲子細碎的嗚唱。到了半夜時，我突然覺得臂彎裡空落了。朦朦朧朧地睜開眼睛，看到她顫顫巍巍地坐了起來。皎潔的月光灑在她赤裸的身體上，在深夜的夜幕下勾勒出一個似真似幻的剪影。我靜靜地看著她流暢舒展的曲線，眼睛裡充滿了憂鬱的柔情。她帶著難以遏制的顫抖急切地拉開抽屜，胡亂翻出一個白色的小藥瓶，打開來，往手裡抖出什麼東西。我有些奇怪，她是從來不會失眠的，她這麼晚起來是要吃藥嗎？

「親愛的，你生病了嗎？」我把手搭在她溫軟的肩上，柔聲問。

施輝慧渾身一抖，手心裡的藥丸撒落在香檳色的床上。我有些猶豫地拿起一顆，藉著清冷的月光看了看，臉色不易覺察地變了。恍惚中她轉過身來，臉上帶著鬼魅一般的微笑，漆黑的眼眸像燃燒一般發亮。她用手指捏住那個奇異的瓶子，搖晃著說：

「要不要來一點？很神奇的……咯咯咯……」

月光下的施輝慧美得出奇，妖異得出奇。晃動的瓶子如同幻影一般隨著她的長髮閃爍。我竭力控制自己用平靜的聲音說：

「是白粉嗎？」

她只是嫣然一笑，飽滿的雙唇微微翹著送過來，呢喃著說：

「來一點兒吧，親愛的……」

「唉……」

暗夜裡，傳來一聲沉重的長歎。我抬頭一看，父親永不腐爛的頭顱就掛在窗外，他圓睜怒目，看著我們。一股尿意直衝我的腦門，我踉踉蹌蹌地衝進了洗手間。又在洗手間的鏡子上，看到父親刀削一般的臉孔隱約浮現，隨即也渾身戰慄起來，都還來不及拉開褲子，尿液竟如精血一樣不可抑制地全排在襠裡。我使勁用頭撞著牆，一下，兩下，「咚咚咚」的聲音在狹小的浴室內迴響，也在我的腦袋裡迴響。開始有點痛，後來人就木了，沒什麼感覺，只覺得眼睛被什麼霧濛濛的東西遮住了。牆上的鏡子破了，又割傷了我的額頭，用手抹一下，感覺濕漉漉的。破碎的鏡子裡，每一塊都有一個我父親永不腐爛的頭顱，也有著我支離破碎的身體。他今晚就會收了我的，他不會放過我了。婚外情、離婚，現在還有毒品，沒有一樣是他容忍得了的。我想我這回是真的見不著明日的海上日出了。我躺回到床上，聽不見施輝慧夢幻般的囈語。

這是我第一次嘗試自殺，當時意識不到這是自殺，第二天明白了，又不知道過程是怎麼樣的。施輝慧天沒亮就開車走了，醒來後，屋子亂七八糟又空空蕩蕩的。床鋪上全是血污，我的身上也是。我一下就嚇懵了，慌裡慌張地給姐姐打電話。她還沒睡醒，聲音有氣無力的。

「姐姐，」我說，「我的床上全是血，身上也是。」

「你說什麼，小弟？」

「我的床上全是血，身上也是。」

「怎麼會這樣？」姐姐慌了，聲音急迫起來。

「我不知道，姐姐。」

「你身上有什麼地方流血沒有？」

「沒有，只是額頭上好多小口子。」

姐姐在那頭「哇」地哭出聲來。

是姐姐來到深圳幫著我把東西從南澳搬回來的，我又在原來租住的那個社區，租了一間格局一模一樣的公寓房。姐姐一到，就跟妻子聯繫上，妻子也跟著一起去南澳幫我搬家，安置好後，她請姐姐吃了一頓飯就離開了。姐姐問她最近在忙什麼，她說瞎忙，始終沒說一點具體的東西。姐姐下樓去送她，回來告訴我，妻子是哭著離開的。我聽了，什麼話也沒說，姐姐就在我身後歎了一口氣。

她以前來過幾次深圳，我都因為工作忙，沒有時間陪她，這回正好，可以帶她到處走走。我們去了蓮花山，看望了敬愛的總設計師鄧小平，還去了世界之窗、錦繡中華、民俗文化村及海洋公園。姐姐不願意去歡樂谷，只在門邊站了站便拉著我回家了，她說裡面的那些娛樂項目太刺激了，什麼翻滾過山車啊、太空梭啊，只適合年輕人玩，她可受不了。我看著她，覺得她真的是老了，從身體到心態，都是一個老人。她的臉型偏大，上面有許多黑色的雀斑，略施粉黛都掩飾不住，加之不注意保養，看著又比實際的年齡老上七八歲，是我年輕版的媽媽。我們聊起過這個話題，姐姐一點都不忌諱。她說：

「這怕什麼？每個年齡段都有屬於自己的精彩。」

「不是這個意思，」我輕輕撫摸了一下姐姐的臉，說，「你老了，等於我也跟著老了。」

「你再老，」姐姐說，「也是我的小弟啊。」

我把頭輕輕靠在姐姐的胸口，內心裡感到從未有過的平靜。四月潮濕的暖風吹來，窗臺的風鈴叮噹作響，彷彿心靈深處流出的幾個淡淡的、動人的音符。風鈴是姐姐送我的，她說聽著風鈴的聲音，你就始終知道自己身在何處，走路的感覺都要踏實一些。

姐姐陪我那幾個月，灰濛濛的天空始終飄灑著這個季節特有的牽扯不斷的細雨，讓我想起「梧桐更兼細雨，到黃昏，點點滴滴」。也許，這就是四月最真實的寫照吧。這期間，我已和施輝慧結束了往來。她已經離開深圳了，走前，我們在茗典咖啡館吃了一頓飯。她穿著淡灰色的風衣，頭髮被風吹得有些凌亂，臉上也沒有往日的神采。她的述說十分混亂，大意說她沾染白粉已經很久了，她一直在努力，包括跟著我躲到東部的南澳小鎮上，嘗試著如何遠離那個帶給她混亂生活的圈子，遠離毒品，但並不成功，覺得自己太失敗了，以後都不知道該怎麼辦。

「以後還回深圳嗎？」我問她。

「你希望我回來嗎？」她仰起臉，用一種飄浮的眼神看著我。

從始至終，我們都沒有談論過愛情；談論愛情的時候，我們又不知道自己說的是什麼。她突然這樣回問我，讓我不知如何是好，只得囁嚅著說：

「是的。」

她把手伸過來，握住我的手說：「你好好保重吧！」

我回家把這事告訴姐姐，她說：「斷了也好，心裡少一點掛礙，活得就輕鬆了。」她什麼都願意為我做，中心目的就是讓我活得輕鬆一點。小時候，她有心無力，只能盡可能去保護我。長大了，只要她有的，都會想著我。我只要提出來，她都會一心一意為我去辦到。

每天早上，姐姐輕輕掀開被子下了床，重新為我蓋好，去到廚房為我下一碗雞蛋麵條，放在餐桌上，再出去買菜。她心疼錢，從不去超市買，說貴，又不新鮮。她走三里多路，去一個叫黃貝嶺的城中村小菜市場買，來回得一個多小時。回家後，就開始為我做午飯，用文火慢慢煲湯給我喝。我只知道吃，吃飽了就看電視或玩電腦，等姐姐忙活完了，我們再一起出門去走一走。

我給姐姐買了一套深藍色的連衣裙，我媽有這樣一套，姐姐一次回家，沒有換洗的衣服，穿的就是媽媽的那一套裙子，還挺好看的，我送給她的時候，她也挺喜歡的，說：「我還想著去哪裡買一套呢。」她穿著那套連衣裙，忙進忙出的，晃眼看著，就跟媽媽一個模樣；粗腰身，寬肩膀，像一扇門板。我呢，好手好腳，但終日不出家門，不想出去見人，一如當年瘸了腿的我們的父親。我說：

「我們把日子過回去了。」

「怎麼了？」姐姐說。

「你沒看出來嗎？」我說，「你像我們的媽媽一樣，我呢，也跟父親差不多。」

「還真是。」

「你出嫁了，我又上了大學，」我說，「那時，他們在家裡差不多就是這個狀態吧。」

「是啊。」姐姐說，「快過來吃飯吧，茶我也給你泡好了。」

在姐姐的照料下，我的狀態一天比一天好起來，精神不像先前那麼恍惚了，至少能正常思考一些邏輯性不那麼強的問題。姐姐這才放心地帶我回家，她不想家裡的人看到我不好的那一面，影響我的形象和未來的生活。讓姐姐始料未及的是，我從家裡再回到深圳時，老毛病立刻就復發了。她不得已，又丟下正在準備參加高考的兒子，來到深圳照顧我，她是兒子臨考那幾天又才回去的。

我的大腦一再出問題，是因為那些原本在我腦袋裡成形的東西，都被在南澳的出租屋裡撞牆時撞碎了，我一回到深圳，它們就全飛了出來，從我手指頭的那個刀口處，就是在榮慧家切菜時割到的那個口子。我一想到榮慧扭曲的身子及在我耳邊幽幽的呢喃聲，就開始摳那個指頭上的傷疤，扣得鮮血直流。為了銘記著榮慧身體的感覺，我好了摳，摳了好，不停折騰那個傷疤，就不停有帶著鋒利的稜角的碎片飛出來，在我的身邊纏繞，要不是我偶然去游泳池游泳，下潛到水下讓自己消失時，發現那些碎片根本找不到我，我就此成功躲開了它們的話，早被它們割裂得體無完膚了。由於長期在水裡浸泡，我全身的皮膚都在乾裂、起皮，奇癢無比；手指頭和腳趾頭上細密的小水泡也從未停止過生長。姐姐無法阻止我去游泳池潛水，只得等我回家時，一遍一遍往我身上擦保濕霜。擦完了，又要用針頭一個一個挑手指頭和腳趾頭的小水泡。她還買來四五個盆子，盛滿水，放置在家裡的各個角落，保持家裡空氣的濕度。

姐姐恍惚明白是什麼問題在困擾著我，她試探著問我：

「是因為榮慧嗎？」

「不是，」我說，「是我們的父親。」

「他怎麼了？」

「他想讓我死呢。」

「虎毒還不食子呢，沒有一個父親會去迫害自己的孩子的。」

「姐姐，他比老虎還毒，小時候你就看到了，他是怎麼對付我們的。」

「那也是為我們好，再說，他不都已經去世了嘛。」

「死了又如何？還不是天天跟著我。我知道，我不應該玩婚外情，不應該跟嘉怡離婚，但事已至此，我已經受到懲罰了，他還不放過我，到底想讓我怎麼做呢？」

姐姐擠一點保濕霜在手心，兩隻手掌搓了搓，然後又開始在我的心口輕輕摩挲著，她的臉上有著優雅恬靜的笑容和無欲無求的美。只有獨身女人為潔身自好而日夜修煉，覺悟達到一定的狀態，才能呈現出這樣的美來。我抓過她的一隻手來，輕輕放在自己的臉頰上。我說：

「榮慧，你希望我怎麼做呢？」

「我沒希望你怎麼樣啊，我們現在這樣，不是也挺好的嘛？」

「我是說，我們之間是沒有未來的，因為我父親他是絕對不會答應的。」

「為什麼這樣說？」醫生問，她揚起下巴上的紅痣看著我。

「因為榮慧她不能生孩子了，我是家裡的獨子，我要娶了她，我們家也就絕後了；退一萬步，就算我親手殺了自己，我父親也絕對不會答應的。」

榮慧哭了起來，她緊緊地抱著我，嚶嚶地哭了起來，豆大的淚珠不斷滴落到我的臉上。窗外，夜幕已經降臨，橘黃色的路燈兀自亮起，小葉榕樹葉無助地在四月的夜風中搖曳。游泳池鐵柵欄外的街道上，燈火闌珊，人影散亂。游泳池內，好多人都走了，我喝了一口迷迷糊糊地走到游泳池門口的小賣部裡買回來的礦泉水，回頭看了看草皮上，玩弱智的足球遊戲的那一家子也走了。

夜幕中，我潛入水下的時候，不再有陽光透過小葉榕濃密的枝葉照進水底，為我送來難以把握的如水的溫暖。在人群散去的時候，只有日光燈冷冷的光芒，照見我蒼白的身子，在游泳池裡，伴著我父親的鬼魂，游過來，又游過去。

釀小說131　PG2911

四玫瑰

作　　者　宮敏捷
責任編輯　廖啟佑、孟人玉
圖文排版　陳彥妏
封面設計　王嵩賀

出版策劃　釀出版
製作發行　秀威資訊科技股份有限公司
114 台北市內湖區瑞光路76巷65號1樓
電話：+886-2-2796-3638　傳真：+886-2-2796-1377
服務信箱：service@showwe.com.tw
http://www.showwe.com.tw
郵政劃撥　19563868　戶名：秀威資訊科技股份有限公司
展售門市　國家書店【松江門市】
104 台北市中山區松江路209號1樓
電話：+886-2-2518-0207　傳真：+886-2-2518-0778
網路訂購　秀威網路書店：https://store.showwe.tw
國家網路書店：https://www.govbooks.com.tw
法律顧問　毛國樑　律師
總 經 銷　聯合發行股份有限公司
231新北市新店區寶橋路235巷6弄6號4F
電話：+886-2-2917-8022　傳真：+886-2-2915-6275

出版日期　2023年9月　BOD一版
定　　價　320元

Printed in Taiwan

讀者回函卡

國家圖書館出版品預行編目

四玫瑰/宮敏捷著. -- 一版. -- 臺北市 :
釀出版, 2023.09
面； 公分
BOD版
ISBN 978-986-445-838-7(平裝)

857.63　　112010754